MAIS PONTAS QUE PÉS

SAMUEL BECKETT
MAIS PONTAS QUE PÉS

edição original e prefácio:
Cassandra Nelson

tradução:
Ana Helena Souza

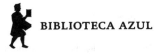

Copyright © The Estate of Samuel Beckett, 2010
Prefácio © Cassandra Nelson, 2010
Samuel Beckett's letters to John Calder © The Estate of Samuel Beckett, 1964, 1970, 2010
Copyright da tradução © 2021 by Editora Globo S. A.

Direitos exclusivos de edição em língua portuguesa para o Brasil adquiridos por EDITORA GLOBO S. A. Todos os direitos reservados. Nenhuma parte desta edição pode ser utilizada ou reproduzida — em qualquer meio ou forma, seja mecânico ou eletrônico, fotocópia, gravação etc.— nem apropriada ou estocada em sistema de banco de dados sem a expressa autorização da editora.

Texto fixado conforme as regras do novo Acordo Ortográfico da Língua Portuguesa (Decreto Legislativo n₀ 54, de 1995).

Título original: *More Pricks Than Kicks*

Editor responsável: Lucas de Sena
Assistente editorial: Jaciara Lima
Preparação: José Ignacio Coelho
Revisão: Thiago Lins
Capa: Mateus Valadares
Diagramação: Ilustrarte Design e Produção Editorial
Arte da capa: Guilherme Ginane; Mais pontas que pés IV, 2021, óleo sobre tela, 30 x 40 cm. Fotografado por Julia Thompson.

CIP-BRASIL. CATALOGAÇÃO NA PUBLICAÇÃO
SINDICATO NACIONAL DOS EDITORES DE LIVROS, RJ

B356m

    Beckett, Samuel, 1906-1989
        Mais pontas que pés / Samuel Beckett ; edição original e prefácio Cassandra Nelson ; tradução Ana Helena Souza. - 1. ed. - Rio de Janeiro : Biblioteca Azul, 2021.
    21 cm.

    Tradução de: More pricks than kicks
    ISBN 978-65-5830-134-9

21-72262
        CDD: 828.99153
        CDU: 82-3(417)

1. Ficção irlandesa. I. Nelson, Cassandra. II. Souza, Ana Helena. III. Título.

Leandra Felix da Cruz Candido - Bibliotecária - CRB-7/6135

1ª edição 2022

Direitos de edição em língua portuguesa para o Brasil
adquiridos por Editora Globo S.A.
Rua Marquês de Pombal, 25 – 20230-240 – Rio de Janeiro – RJ
www.globolivros.com.br

Sumário

Prefácio 7
Nota sobre o texto 25
Agradecimentos 29

Dante e a lagosta 31
Fingal 47
Ding-Dong 61
Uma noite molhada 73
O amor e o Lete 115
Caindo fora 133
Que infortúnio 147
A carta de amor da Smeraldina 187
Amarelo 195
Borra 213

Prefácio

"Você parece estar muito bem instalado no Trianon", Samuel Beckett comentou numa carta de novembro de 1931 para Thomas McGreevy, o poeta e crítico irlandês, cuja vida literária de penúria em Paris parecia imensamente preferível ao seu cargo estável, mas insatisfatório como professor de francês no Trinity College de Dublin.[1] Depois de três meses, Beckett decidiu seguir seu amigo no exterior. Em outra carta para McGreevy, escrita pouco antes de deixar a Irlanda, ele expôs seu plano:

> Tive que voltar ao teto paterno por alguns dias mas vou embora, malgré tout et malgré tous [apesar de tudo e de todos], imediatamente depois do Natal, via Ostend, algum lugar Alemanha adentro, tão distante quanto Colônia de qualquer forma, no próximo sábado à noite partindo de North Wall, para só retornar espero (& entre nous [entre nós]) depois de muitos meses, embora não tenha me demitido do Trinity. Se tiver de deixá-los na mão, tant pis [tanto pior]. [...] É uma loucura partir agora com o câmbio u.s.w. [e tudo mais] mas é realmente agora ou nunca. E como

---

[1] SB para Thomas McGreevy (depois de 1943 conhecido como MacGreevy), 8 de novembro de 1931. Martha Dow Fehsenfeld e Lois More Overbeck (ed.), *The Letters of Samuel Beckett, Volume I: 1929-1940*, Cambridge: Cambridge University Press, p. 93.

sempre eu não estou fechando nenhuma porta! Tenho esperança de cuspir fogo neles à distância.[2]

Na Alemanha para o Natal e o Ano Novo para ver sua tia, Cissie Sinclair e a família dela em Kassel, Beckett abruptamente se demitiu do Trinity por telegrama apenas algumas semanas antes do início do trimestre Hilary[3]. Ele partiu no final de janeiro para Paris.

Naquela primavera, Beckett teve sua primeira chance de devotar suas energias inteiramente à ficção. Usou-a para escrever o romance *Sonhos com mulheres possíveis ou passáveis* que teria algumas partes retrabalhadas para reutilização em *Mais pontas que pés*. Na maioria das manhãs entre março e maio, Beckett se encontrava no Hotel Trianon, rodeado de dicionários, etimologias, concordâncias bíblicas e outros livros de referência úteis para o emprego do estilo alusivo e inclusivo que então preferia. Também à mão um exemplar de estudo surrado da *Divina Comédia* de Dante e um caderno que preenchera com palavras e expressões chamativas que encontrara em suas leituras; essas eram marcadas uma por uma quando colocadas em uso na sua ficção. *Sonhos com mulheres possíveis ou passáveis* emergiu em questão de semanas, um verdadeiro caso de "furor" de composição.[4]

Quando estava em Paris, Beckett também empreendeu trabalhos de tradução para uma edição especial surrealista da revista *transition* de Eugène Jolas e vendeu uma tradução de *Le Bateau*

---

[2] SB para McGreevy, 20 de dezembro de 1931 (*Letters* 99). Aqui e em outras cartas, o texto entre colchetes é meu, baseado nas anotações de *Letters*.
[3] O chamado *Hilary term* começa em 7 de janeiro e termina em 25 de março. (N.T.)
[4] Richard Seaver, nota do editor, *Dream of Fair to Middling Women*, Nova York: Arcade, 1993, p. VI.

ivre de Rimbaud para Edward Titus, editor da *This Quarter*. Em julho, usou o pagamento para ir a Londres e fazer a ronda das editoras. Ofereceu o manuscrito primeiro para Charles Prentice, o editor da Chatto & Windus que aceitara sua breve monografia sobre *Proust* para a série Dolphin Books, em 1930. Desde essa época, Prentice se tornara um crítico construtivo e de confiança da ficção de Beckett, cujos comentários eram levados em alta conta embora ainda não tivesse aceitado nenhum dos contos ou poemas oferecidos a ele.[5] Beckett empreendeu revisões de *Sonhos com mulheres possíveis ou passáveis* baseadas nos comentários de Prentice, mas, mesmo assim, o manuscrito foi recusado.

Entre outras editoras, ele tentou a Hogarth Press, Wishart, Jonathan Cape e Grayson & Grayson. A espera por uma resposta foi tão angustiante quanto a recusa que veio, mais cedo ou mais tarde, de cada uma, levando Beckett a queixar-se a McGreevy: "Estou cansado de ser segurado por canalhas grosseiros que não me deixam saber onde estou".[6] Para a maioria das empresas, a decisão de aceitar ou rejeitar *Sonhos com mulheres possíveis ou passáveis* não era minuciosa. Os editores ingleses estavam na época extremamente atentos às acusações de pornografia levantadas contra o *Ulisses*, e a palavra "indecente" sobressaía em vários pareceres de leitores, incluindo este de Edward Garnett para Jonathan Cape:

---

[5] Prentice recusou a história "Sedendo et Quiescendo", por exemplo, com sua gentileza e tato característicos. Na resposta, Beckett escreveu: "Por sua carta encantadora gratias tibi. Você tem razão sobre a minha pesadíssima 'Sedendo et Quiescendo' [...] E, claro, ela fede a Joyce a despeito de meus esforços mais intensos para dotá-la dos meus próprios odores. Infelizmente para mim essa é a única maneira na qual me interessa escrever. [...] Quis dizer aquilo mesmo que lhe disse em Londres. Não a estava mostrando para a Chatto & Windus. Eu a estava mostrando a você". SB para Charles Prentice, 15 de agosto de 1931 (*Letters* 81).

[6] SB para McGreevy, agosto de 1932. Citado em James Knowlson, *Damned to Fame: The Life of Samuel Beckett*, Londres: Bloomsbury, 1996, p. 160-1.

Não tocaria nisso nem com uma vara. Beckett é provavelmente um sujeito esperto, mas aqui ele elaborou uma imitação de Joyce servil e bastante incoerente, excêntrica demais na linguagem e cheia de passagens repugnantes de tão afetadas — também *indecentes*: esta escola está condenada — e você não venderia o livro nem pelo título. A Chatto teve razão em recusá-lo.[7]

Beckett se deu melhor na busca por trabalho remunerado como crítico e resenhista de livros (pois junto com as aulas no Trinity renunciara a um salário de 200 libras por ano). No final de agosto, tinha esgotado o dinheiro e foi forçado a retornar para a casa da família em Cooldrinagh, no subúrbio de Foxrock, em Dublin. Antes de partir de Londres, enviou um conto intitulado "Dante e a lagosta" — independente de *Sonhos com mulheres possíveis ou passáveis*, embora compartilhando com ele o protagonista central, Belacqua Shuah — para Edward Titus em Paris. Seis semanas depois, a notícia da aceitação da história chegou a ele na Irlanda.[8]

Em Foxrock, Beckett também recebeu a última das recusas de *Sonhos com mulheres possíveis ou passáveis*. "O romance não vai", ele contou em outubro:

> Shatton & Windup acharam que era maravilhoso, mas não podiam, eles simplesmente não podiam. The Hogarth Private Lunatic Asylum recusou-o da maneira que Punch recusaria. Cape ficou écoeuré [enojado] de cachimbo e cardigan e seu terrier de Aberdeen concordou com ele. Grayson o perdeu ou limpou-se com ele. Chute-se as bolas dele, estão todos pela Curzon Street, 66, W.1.[9]

---

[7] Michael S. Howard, *Jonathan Cape, Publisher*, Londres: Jonathan Cape, 1971, p. 137.
[8] "Dante e a lagosta" apareceu em *This Quarter* (vol. 5, no. 2) em dezembro de 1932, naquele que foi o último número da revista.
[9] SB para George Reavey, 8 de outubro de 1932 (*Letters* 125).

Sem necessariamente perder a esperança ou o desejo de que *Sonhos com mulheres possíveis ou passáveis* pudesse algum dia ser publicado, ele guardou o manuscrito e em vez disso começou a trabalhar num conjunto de contos interligados, centrando-se também em Belacqua. Nisso, não começava do zero. "Dante e a lagosta" já estava pronto e acertado para aparecer em *This Quarter*; seria revisado apenas ligeiramente para inclusão em *Mais pontas que pés*. Beckett também tinha uma versão do conto "Caindo fora", que pode ter sido redigida já no verão de 1931, isto é, anteriormente à composição de *Dream of Fair to Middling Women*. Além disso, duas seções deste foram extraídas mais ou menos intactas e transformadas para se bastarem; estas se tornaram "Uma noite molhada" e "A carta de amor da Smeraldina".

Em Cooldrinagh, a experiência de escrita de Beckett foi muito diferente da sua experiência em Paris. Não houve nenhum "furor" de composição, apenas um mourejar insatisfatório. "Essa escrita é uma moagem terrível e desgraçada", ele disse a McGreevy. "Eu fiz mais dois 'contos', atmosferas engarrafadas, *comme ça sans conviction* [assim sem nenhuma convicção], porque a gente tem que fazer alguma coisa ou perecer de tédio."[10] O progresso era lento, e durante um tempo o trabalho nos contos parou completamente. Beckett voltou a eles apenas com relutância, acreditando que pelo menos uma dúzia seria necessária para uma coletânea publicável: "Mas é tudo um quebra-cabeça e não me interessa".[11] Nove meses depois de voltar para casa, tinha apenas cinco contos.[12]

[10] SB para McGreevy, 13 de maio de 1933 (*Letters* 157).
[11] SB para McGreevy, 22 de junho de 1933 (*Letters* 168, n. 3).
[12] Fehsenfeld e Overbeck identificaram os cinco contos que foram provavelmente terminados nessa época como "Dante e a lagosta", "Fingal", "Ding-Dong", "Caindo fora" e ou "Amarelo", ou "Que infortúnio", ou "O amor e o Lete" (*Letters* 162).

Quando não estava escrevendo, Beckett passava o tempo traduzindo poemas e prosa do francês para *Negro: An Anthology*, de Nancy Cunard, lendo profusamente — inclusive romances de Fielding e Swift, cujos ímpetos satíricos encontrariam guarida em vários contos de *Mais pontas que pés* — e andando de bicicleta ou a pé pelos campos e colinas ao redor de Dublin.[13] Foi, por muitos motivos, um verão difícil. A volta para casa fora uma derrota indesejável, uma repetição do padrão bumerangue que já levara Beckett para fora e de volta a Irlanda mais depressa do que ele pretendia. As viagens de Belacqua Shuah são marcadas por uma trajetória semelhante. Em "Ding-Dong", o narrador nos conta que Belacqua aderia à "crença de que a melhor coisa que tinha a fazer era mover-se constantemente de um lugar para outro. [...] A forma mais simples desse exercício era o bumerangue, ir e voltar; não, era a única que pudera bancar por muitos anos". Beckett também teve problemas de saúde e se submeteu a uma dupla cirurgia para um cisto no pescoço e um doloroso dedo do pé em martelo, em maio de 1933. Ele tomou notas cuidadosas do tempo que passou no hospital, que forneceram a matéria-prima para o conto "Amarelo", no qual Belacqua se submete ao mesmo procedimento duplo, com resultados fatais.

No dia da cirurgia de Beckett, sua prima Peggy Sinclair morreu de tuberculose aos vinte e dois anos. Os dois tiveram uma atração um pelo outro vários anos antes, quando ela visi-

---

[13] "Empurro a bicicleta montanhas acima no fim da tarde para o Lamb Doyle ou Glencullen ou Enniskerry e tomo uma caneca e depois pedalada solta até em casa para Tom Jones. Sim, como você diz, até onde ele vai. Mas é o melhor deles. Gosto cada vez mais dos capítulos curtos e dos títulos de capítulo irônicos. Seu burlesco é bastante desajeitado, mas seu tom sério é muito distinto." SB para McGreevy, 4 de novembro de 1932 (*Letters* 139).

tara Dublin, vinda de Kassel, e tiveram um namoro breve e não consumado. Peggy tornou-se o modelo da Smeraldina-Rima em *Dream of Fair to Middling Women* e *Mais pontas que pés*, e "A carta de amor da Smeraldina" baseia-se em alguma medida numa carta de amor que ela escreveu para Beckett. Exatamente quanto ele alterou a carta para suprir as necessidades da ficção tem sido motivo de especulação entre seus biógrafos, mas pode-se dizer com segurança que o conto apresenta uma semelhança tão forte com o estilo de Peggy que os pais dela, e os dele, não tiveram dificuldade em reconhecer sua origem.

Seis semanas depois da morte de Peggy, o pai de Beckett sofreu um infarto. William Beckett melhorou durante uma semana e parecia a caminho de uma recuperação quando sofreu um segundo infarto em 26 de junho e morreu mais tarde no mesmo dia, com a família a seu lado. Sua morte teve um efeito profundo em Beckett. Ao preparar o enterro, Beckett e sua mãe forraram o túmulo de William Beckett com vegetação macia e perfumada, como a viúva de Belacqua e seu padrinho de casamento fazem para ele em "Borra". Embora não esteja claro quando a decisão de matar Belacqua foi tomada, o tom elegíaco que soa vez por outra em todo o livro, e particularmente nesse conto, com certeza deve algo a esses acontecimentos.

Em setembro, Beckett conseguira juntar dez contos, totalizando cerca de sessenta mil palavras — bastante próximo de uma dúzia, sentia, para que pudesse começar a procurar uma editora. De novo, iniciou oferecendo o manuscrito à Prentice. Um tanto para sua surpresa, dado que apenas um dos contos tinha sido publicado anteriormente, a coletânea foi aceita em semanas. Prentice tinha apenas duas sugestões. Pediu um novo título para a coletânea, "algo fluente e coloquial", para substituir o título de trabalho "Borra", e também sugeriu que o livro se beneficiaria de um acréscimo de cinco a dez mil palavras.[14] Beckett logo forneceu *Mais pontas que pés* como título alternativo.[15] Um mês depois, ele enviou um décimo-primeiro conto, "Ossos de Eco", que segue um inexplicavelmente redivivo Belacqua através de uma série de encontros com personagens fantásticos chamados Zaborovna e Lorde Gall de Wormwood, que não tinham aparecido antes em *Mais pontas que pés*. O tamanho do conto pegou Prentice de surpresa — vinte e oito páginas densamente datilografadas — e mais ainda seu conteúdo. "É um pesadelo", ele escreveu para Beckett. "Só que terrivelmente convincente. Me dá nos nervos. [...] As pessoas vão estremecer e ficar intrigadas e confusas e não terão vontade de analisar o estremecimento. Tenho certeza que 'Ossos de Eco' reduzirá as vendas consideravelmente."[16] Numa carta cheia de desculpas, Prentice

---

[14] "Borra" pode aludir, como o faz em *Dream of Fair to Middling Women*, à *Lenda das boas mulheres* de Chaucer, cujo prólogo pergunta: "what eyleth thee to wryte/ The draf of stories, and forgo the corn" [o que o leva a escrever/ A borra de histórias, e abandonar o milho?]. Beckett também pode ter tido em mente os versos 573-6 do *Samson Agonistes* de Milton: "Here let me drudge and earn my bread,/ Till vermin or the *draff* of servil food/ Consume me, and oft-invocated death/ Hast'n the welcom end of all my pains" (grifo meu) [Aqui deixe-me labutar e ganhar meu pão,/ Até que o verme ou a *borra* do alimento servil/ Me consuma, e a muito invocada morte/ Apresse o bem-vindo fim das minhas penas].

[15] Menos de uma semana depois de assinar o contrato para "Borra", Beckett se referiu ao livro pelo nome de publicação numa carta para McGreevy, de 9 de outubro de 1933 (*Letters* 166). *More Pricks than Kicks* brinca com Atos 9:5 — a conversão de Saulo na estrada de Damasco, quando uma voz do Céu diz "It is hard for thee to kick against the pricks" (KJV) [Duro é para ti recalcitrar contra os aguilhões. (ARC)] — e também com a expressão "more kicks than half-pence", ou seja, mais dureza que gentileza, como pode ser dispensada aos macacos adestrados por seus donos (ver expressão "monkey's allowance" no OED). [Para uma explicação sobre a tradução do título desta coletânea, ver a nota sobre a tradução neste volume.]

[16] Prentice para SB, 13 de novembro de 1933 (Knowlson, *Damned to Fame* 168).

se responsabilizou pelo que chamou de "uma horrível débâcle — da minha parte, não da sua".[17]

Embora Beckett ficasse muitíssimo desanimado com essa resposta, pois achava que tinha colocado nesse conto "de recesso tudo o que sabia e muito do que tinha plena consciência", ele concordou em publicar o livro na sua forma original.[18] Ao receber o conto recusado por Prentice, ele escreveu um poema intitulado "Ossos de Eco", publicado em *Echo's Bones and Other Precipitates* (1935), mas recusou-se a permitir que seu conto de mesmo nome fosse impresso em edições posteriores de *Mais pontas que pés*.[19] Em dezembro de 1933, as provas chegaram a Beckett num apartamento improvisado que ele arranjara no número 6 da Clare Street em Dublin, em cima dos escritórios da empresa de levantamento quantitativo de seu falecido pai, a fim de escapar do olhar de censura de sua mãe e da atmosfera opressiva de luto que ela continuava a manter em Cooldrinagh. Uma carta para McGreevy sugere que ele tomou o cuidado de revisá-las:

> As provas começaram a chegar e eu devolvi uma remessa, corrigées si on peut dire [corrigidas, se podemos dizer assim], para eles hoje. Se você tiver horas livres, poderia fazer a gentileza de passar os olhos nelas. Mas se não tiver, não tem importância. Foram corrigidas tantas vezes, muito antes de chegarem perto de Charles, que está além de mais atenuação. Apenas erros de tipografia. Tenho horror deles.[20]

---

[17] Prentice para SB, 13 de novembro de 1933 (*Letters* 173).
[18] SB para McGreevy, 5 de dezembro de 1933 (*Letters* 171).
[19] John Pilling, *A Samuel Beckett Chronology*, Hampshire: Palgrave Macmillan, 2006, p. 45.
[20] SB para McGreevy, 5 de dezembro de 1933 (*Letters* 171-2). Beckett fez alterações substantivas no final do último conto "Borra", para incorporar elementos do recusado "Ossos de Eco". McGreevy revisou as provas como solicitado; ver Pilling, *Chronology*, p. 45.

No mês seguinte, Beckett deixou Cooldrinagh e se mudou para Londres para começar uma psicanálise, uma prática ainda não legal na Irlanda, com Wilfred Bion na Tavistock Clinic.[21] Foi, de certa forma, uma espécie de trajetória bumerangue diferente — na qual o movimento físico para fora, para longe de casa e da família na Irlanda, foi equilibrado pelo movimento psicológico para dentro, uma viagem de volta de introspecção e autorreflexão, para fora e de volta.

Em 24 de maio de 1934, *Mais pontas que pés* foi publicado em Londres, com uma sinopse que prometia

> um espírito novo e independente em obra, que emprega o intelecto para iluminar a comicidade e a beleza poética que permeiam sentimentos e acontecimentos vulgares e comuns. [...] O humor do sr. Beckett provém do cômico heroico tanto quanto da ênfase no fato crasso e pungente; é ríspido e desafiador — um humor raro, a última arma contra o desespero. Seus momentos deslumbrantes são conquistados com um soco forte.
>
> *Mais pontas que pés* é uma peça de literatura, memorável, excepcional, a expressão de uma voz muito moderna.

Antes da publicação, Beckett parece não ter mostrado os contos de *Mais pontas que pés* a ninguém a não ser Prentice e McGreevy. Quando o livro apareceu, uma quantidade de pessoas próximas a ele se reconheceram em suas páginas.[22] Na maioria dos casos, não se tratava de uma representação lisonjeira. Embo-

---

[21] Permaneceria em tratamento, que foi pago por May Beckett, até dezembro de 1935.

[22] Para um relato útil e completo dos paralelos entre personagens na ficção inicial de Beckett e seus contemporâneos no Trinity College em Dublin e na École Normale Supérieure, ver Knowlson, *Damned to Fame*, cap. 3 e cap. 4.

ra o potencial para ofender tenha ocorrido a Beckett — "Desejaria que não houvesse U.P. no *Sonhos*", escreveu em 1932, depois que seu antigo professor Thomas Rudmose-Brown, a base para o personagem do Urso Polar, o recomendou veementemente para um emprego — ele ficou surpreso com o nível de desconforto que seus retratos foram capazes de causar e com o quanto isso, por sua vez, o incomodou.[23] Felizmente, a maioria dos amigos e de sua família encarou isso bem. A perturbação mais significativa foi com sua tia e tio, Cissie e William "Boss" Sinclair, que ficaram magoados por ele ter usado a carta de Peggy, e tão cedo após sua morte. "Eu não sabia o que estava empreendendo", Beckett escreveu para o irmão mais novo de Peggy, Morris, naquele verão, "peinlich [doloroso] não importa de que ângulo se contemple".[24] Mais de cinquenta anos depois, ele ainda lamentava sua decisão de usar a carta em "A carta de amor da Smeraldina".[25]

Qualquer embaraço que *Mais pontas que pés* tenha causado na Irlanda pode ter sido atenuado pela escassez de exemplares encontrados lá. Alguns estavam disponíveis na Biblioteca de Empréstimo Switzer em Dublin, nenhum à venda em lojas. Cinco meses depois, até os exemplares da biblioteca foram retirados, quando *Mais pontas que pés* foi colocado no Registro de Publicações Proibidas.[26] Beckett deu um exemplar a sua mãe;

[23] SB para McGreevy, 13 de setembro de 1932 (*Letters* 121).
[24] SB para Morris Sinclair, 13 de julho de 1934 (Knowlson, *Damned to Fame* 176, nota no original). Beckett se reconciliou com os Sinclair em agosto e passou sua semana habitual em Kassel no Natal e Ano Novo.
[25] Knowlson, *Damned to Fame*, p. 176.
[26] *Mais pontas que pés* foi incluído no Registro de Publicações Proibidas em 23 de outubro de 1934, o que emprestou uma nota pessoal ao ensaio de Beckett "Censura no Saorstát": "Meu próprio número de registro é o 465, número quatrocentos e sessenta e cinco, se posso aventar dizer isso" (em *Disjecta*, ed. Ruby Cohn, Londres: Calder, 1983, p. 88). O ensaio sobre a censura foi encomendado por *The Bookman* em agosto de 1934, mas não apareceu impresso, pois a revista parou de ser publicada pouco depois. Foi revisto por Beckett em 1936.

ela o guardou sem comentários, da mesma forma que fizera com o desconcertante e perturbador *Whoroscope* alguns anos antes.[27] Sua *alma mater*, Portora Royal, um colégio interno protestante em Enniskillen, deu uma nota sobre a publicação do livro em seu boletim, mas não adquiriu nenhum exemplar para sua biblioteca.

Na Inglaterra, *Mais pontas que pés* recebeu um número surpreendente de resenhas para um primeiro livro de ficção — e uma coletânea de contos ainda por cima. Apareceram resenhas em *The Bookman, John O'London's Weekly, The Listener, The Morning Herald, The Morning Post, The Observer, The Spectator, Time and Tide* e *The Times Literary Supplement*.[28] As reações variavam de desdenhosas ("uma farsa para intelectuais" e "livro esperto demais para ser de primeira linha") a estupefatas ("o significado de *Mais pontas que pés* me escapa completamente") e a cautelosamente favoráveis ("há um talento novo e definitivo trabalhando aqui, embora seja um talento ainda não muito seguro de si").[29] Comparações com Joyce eram inevitáveis, embora vários resenhistas ressaltassem que Beckett não era "nenhum imitador de moda".[30] Outros críticos perspicazes notaram suas dívidas para com Fielding e Sterne. "Os incidentes em si mesmos não importam muito", escreveu Edwin Muir

---

[27] O volume de Beckett sobre *Proust* (1931), pelo contrário, era considerado bastante respeitável para ser mostrado numa prateleira da sala de jantar em Cooldrinagh.

[28] Ver Knowlson, *Damned to Fame*, p. 177, 653, n. 71-80. Beckett considerou a resenha antecipada em *The Observer* "suficientemente imbecil"; SB para Nuala Costello, 10 de maio de 1934 (*Letters* 208).

[29] Richard Sunne em *Time and Tide*, 26 de maio de 1934 (Knowlson, *Damned to Fame* 177 e 653, n. 78); *The Morning Post*, 22 de maio de 1934 (Knowlson, *Damned to Fame* 177); *The Times Literary Supplement*, 26 de julho de 1934 (Lawrence Graver e Raymond Federman (ed.), *Samuel Beckett: The Critical Heritage*, Londres: Routledge and Kegan Paul, 1979, p. 44).

[30] Francis Watson em *The Bookman* 86 (514), julho de 1934, p. 219-20 (citado em Knowlson, *Damned to Fame* 177).

em *The Listener*. "O sentido do conto está no estilo de apresentação, que é espirituoso, extravagante e excessivo. O sr. Beckett faz muito com tudo; esta é a sua arte. Às vezes ela degringola numa enganação excelente, mas em seu melhor ela possui uma engenhosidade e liberdade de movimento que é simplesmente encantadora."[31]

Talvez devido a resenhas que sugeriam que o livro não agradaria a um público amplo, ele vendeu pouco. Tanto assim que, depois da primeira prestação de contas, Beckett foi levado a escrever uma carta de desculpas para Prentice, que o tranquilizou:

> Afinal, publicar literatura é arriscar e, embora não recebamos bem a decepção, estamos blindados contra ela.
> A posição do autor é muito pior, e nós lhe suplicamos mais uma vez para que não leve sua própria decepção tão a sério. [...] Então, por favor, quando chegar a hora e você estiver livre, pegue da pena mais uma vez com vigor reforçado. Não pense nem por um minuto que nos arrependemos de ter publicado *Mais pontas que pés*.[32]

Ao todo, a Chatto & Windus perdeu cerca de um terço do investimento no livro, e os royalties de Beckett nunca perfizeram mais do que a metade do seu adiantamento inicial de 25 libras.[33] A empresa não conseguiu encontrar uma editora estadunidense, apesar dos esforços de Prentice para interessar editores na Viking, Farrar & Rinehart, Harrison Smith Haas e Double-

---

[31] Edwin Muir em *The Listener*, 4 de julho de 1934, p. 42. Em Graver e Federman, *The Critical Heritage*, p. 42-3.
[32] Prentice para SB, 8 de novembro de 1934 (Knowlson, *Damned to Fame* 177-8). Na época em que Beckett completou o trabalho no seu livro seguinte, Prentice não estava mais na Chatto & Windus. A empresa não exerceu sua opção de publicar *Murphy* em junho de 1936.
[33] Pilling, *Chronology*, p. 44, 52, 121.

day, Doran & Gundy.[34] Na Grã-Bretanha e na Commonwealth, menos de quinhentos exemplares — de uma tiragem de mil e quinhentos — foram vendidos nos primeiros quatro meses. Vinte e um exemplares foram comprados nos seis meses seguintes, uns vinte e cinco mais no total durante os três *anos* seguintes. Naquela altura, parecia despropositado encadernar as mãos restantes. Elas foram reduzidas a pasta de papel em dois lotes em 1938 e 1939.[35] O resultado é que exemplares de *Mais pontas que pés* eram difíceis de achar quando a literatura de Beckett começou a atrair amplo reconhecimento crítico e popular nos anos 1950. Nem mesmo o próprio autor possuía mais um exemplar.[36]

Nessa altura, os arrependimentos de Beckett quanto ao livro tinham assumido uma forma diferente. Ele encarava os contos de *Mais pontas que pés* como juvenília e relutava em ver a obra impressa outra vez, embora tenha permitido que três contos fossem reimpressos separadamente. "Dante e a lagosta" apareceu no primeiro número da *Evergreen Review*, em 1957, na antologia *A Samuel Beckett Reader* (Londres: Calder & Boyars, 1967) e também na *Evergreen Review Reader* (Nova York: Grove Press, 1968). Em 1956, "Amarelo" foi reimpresso em *New World Writing* (vol. 10, novembro), um veículo de certo modo irônico para um conto que havia sido publicado pela primeira vez mais de vinte anos antes. "A carta de amor da Smeraldina" foi incluída na *Zero Anthology of Art and Literature* (Nova York: Zero Press, 1956) e também reapareceu na revista *Vogue* em maio de 1970.

---

[34] No seu parecer editorial para a Viking, B. W. Huebsch não aceitou *Mais pontas que pés*, mas comentou que "o autor me parece uma boa aposta para o futuro" (Knowlson, *Damned to Fame* 175-6).
[35] Pilling, *Chronology*, p. 184-5.
[36] Ibidem, p. 113.

Como a demanda pela coletânea completa continuou a aumentar, estudiosos fizeram uma petição aos editores de Beckett — Calder & Boyars na Grã-Bretanha e Grove Press nos Estados Unidos — para uma reedição. Em 1964, ambas as editoras tinham assegurado a aprovação de Beckett, embora ele fosse franco sobre suas ressalvas. "Melhor me enviar o contrato", avisou, "antes que eu comece a afrouxar de volta ou tenha tempo de reler a porcaria."[37] Mais tarde naquele ano, quando as provas tipográficas chegaram, ele de fato releu os contos e ficou tão insatisfeito com eles que pediu à Grove Press para parar de trabalhar em sua edição.[38]

Para o mercado britânico, Beckett e Calder chegaram a um acordo na forma de uma segunda edição pequena, publicada em 1966. Limitada a cem exemplares mimeografados, essa edição não foi listada no catálogo da Calder nem vendida de qualquer modo ou anunciada diretamente ao público.[39] As páginas são datilografadas, não compostas em tipografia, em pouco mais de cem folhas de tamanho grande em espaço simples (a edição da Chatto & Windus, por comparação, tem 278 páginas), e grampeadas, não encadernadas. O grande número de erros no texto sugere que foi coligido às pressas e que o datiloscrito não foi revisado por Beckett. Mesmo assim, os cem exemplares mimeografados se foram rapidamente e mais cem foram produzidos em 1967. Esses também se esgotaram em meses.

---

[37] SB para Calder, 28 de abril de 1964 (cortesia de The Lilly Library, Indiana University, Bloomington, Indiana).
[38] Ver a carta de Richard Seaver da Grove Press para John Calder, 13 de novembro de 1964 (coleção da Grove Press, Special Collections Research Center, Syracuse University Library).
[39] Apesar dessas injunções, a edição supostamente *hors commerce* foi anunciada na *London Magazine*, em dezembro de 1966, e no catálogo da Calder, em 1968. O primeiro anúncio provavelmente não foi notado por Beckett. Ele não ficou nada satisfeito ao saber do segundo e, por isso, inicialmente negou o pedido de Calder para imprimir uma terceira tiragem de cem exemplares mimeografados.

Uma terceira tiragem de cem exemplares foi acordada, mas nunca impressa, pois, na esteira do Prêmio Nobel de Beckett, em outubro de 1969, a pressão sobre ele para autorizar uma nova edição comercial de *Mais pontas que pés* tornou-se grande demais para suportar. A Grove Press obteve autorização primeiro. Ao saber que uma edição comercial estadunidense estava em preparação, John Calder escreveu imediatamente a Beckett, solicitando permissão para iniciar sua própria edição comercial e exprimindo sua preocupação de que um lançamento muito adiantado da Grove pudesse lhe custar vendas no mercado da Commonwealth. Beckett respondeu:

Paris
31.1.70

Caro John,
    Sua carta expressa da Escócia em mãos.
    Há alguns dias recebi uma carta de [Richard] Seaver dizendo que "eles não poderiam esperar mais para publicar M.P.Q.P." Respondi que isso se opunha ao meu desejo. Mas nos últimos dias a pressão de todos os lados ficou tão forte, e eu tão cansado, que capitulei. Você pode, portanto, prosseguir com as edições comerciais dessa juvenília. Também capitulei a respeito de *Premier Amour* & *Mercier et Camier* — mas NÃO de *Eleutheria*. Considero que você detém os direitos europeus de M.P.Q.P.
    Espero que você não faça ideia do que isso implica para mim.

Abraços,
Sam[40]

---

[40] SB para Calder, 31 de janeiro de 1970 (cortesia de The Lilly Library, Indiana University, Bloomington, Indiana).

Em junho e outubro respectivamente, Calder e Grove colocavam as novas edições à venda.[41]

---

[41] Essas foram as últimas edições durante a vida de Beckett. A de Calder foi impressa a partir da segunda edição mimeografada, a da Grove de um exemplar da primeira edição. Fica claro que Beckett não leu as provas de nenhuma das duas edições de 1970, mas parece que forneceu uma porção de alterações que aparecem em ambas. Ver a seguir a nota sobre o texto.

NOTA SOBRE O TEXTO

O PRESENTE TEXTO segue o da primeira edição, publicada por Chatto & Windus, em 1934. Um pequeno número de erros evidentes foram corrigidos.[42] Além dessas correções, o texto que se segue diverge do da primeira edição com respeito a seis variantes, especificadas abaixo. Apenas nesses exemplos, preferi as leituras das edições de 1970 de Calder e Grove.

No geral, as edições posteriores de Calder (1966, 1970) e Grove (1970) têm menos autoridade. Não há indícios de que Beckett tenha lido as provas de qualquer uma dessas edições (diferentemente da primeira edição, que ele revisou com cuidado e cujas provas reviu; ver prefácio acima). Elas diferem do texto da primeira edição com relação a centenas de variantes. Muitas delas são pequenas mudanças de pontuação e ortografia que parecem resultar da tentativa da editora ou do tipógrafo de padronizar, ou do fracasso em reproduzir corretamente, o texto

---

[42] Em "Uma noite molhada", um "s" foi alterado de tipo itálico para romano (1934 *"retro me's"*). Em "O amor e o Lete", uma referência errada a "Lucy" foi corrigida para "Ruby". Em "Caindo fora", aspas e uma vírgula foram transpostas (1934 "experiência pessoal,"). Em "Que infortúnio", "do que" [*than*] foi alterado para "que" [*that*] e "acima da cabeça" [*overhead*] para "entreouviram" [*overheard*]. Duas vezes em "Uma noite molhada" e uma em "Amarelo", reticências com quatro pontos foram alteradas para reticências com três pontos.

altamente idiossincrático da Chatto & Windus. Algumas variantes são claramente resultado de erros tipográficos — ou, no caso da Calder, erros datilográficos, pois o datilógrafo empregado para produzir a segunda edição mimeografada de 1966 alterou todos os casos, exceto dois, de tipos itálicos para romanos (sem sublinhados, que teriam sido o modo padrão de indicar os itálicos) e também omitiu a maioria dos acentos das palavras estrangeiras. Lamentavelmente, essa segunda edição foi usada para estabelecer a edição comercial da Calder. Por conseguinte, pode ser difícil às vezes, ao ler os textos da Calder, perceber os efeitos que Beckett está tentando alcançar quando seu jogo de palavras transborda por meia dúzia de línguas, ou quando suas piadas dependem do humor sobre uma ênfase que se perdeu. Em outros trechos, palavras ou linhas inteiras de diálogo foram omitidas nas edições da Grove e da Calder devido a saltos de leitura (p. ex. "Ela vai fazer isso, vai, vai ser a belle do baile" [1934] foi reduzido a "Ela vai fazer isso, vai ser a belle do baile" [1970, Grove]).

Em vários casos, desfiz esforços de editores prévios para "emendar" o texto da primeira edição. Seguem alguns exemplos. Em "Dante e a lagosta", retenho "um cavalo estava no chão e um homem sentado na sua cabeça" (1934) e não a leitura que aparece em ambas as edições de 1970 (bem como na versão de "Dante e a lagosta" publicada em *This Quarter* em dezembro de 1932), que termina com "na cabeça dele" e, portanto, perde a bela confusão entre o homem e o cavalo; pois Beckett está aqui tentando colocar o cavalo como mais próximo do humano do que o pedaço de pão (com a "sua cara") e a lagosta (repetidas vezes referida pelo narrador como "isso"). Em "Uma noite molhada", a leitura correta é "arenoso filho de Han" (1934) e não "arenoso filho de Ham" (1970/1970) por dois motivos: primeiro, porque a expressão "filho de Han" também aparece no trecho de *Sonhos com mulheres pos-*

síveis ou *passáveis* que se tornou a base para o conto e é evidentemente o que Beckett pretendeu escrever; segundo, porque não se espera que supostamente pensemos no Ham bíblico, cujos filhos não seriam descritos como "arenosos". Talvez "filho de Han" queira simplesmente dizer aquilo que parece quando se inverte a expressão: bonito.[43] Igualmente em "Dante e a lagosta", retive "shewed" (1934) em vez de "showed" (1970/1970), porque a escrita fora de moda é mais adequada dado o contexto (Beatriz instruindo Dante no quarto canto do Paraíso). Um raciocínio semelhante embasa a decisão de reter "B.T.M." (1934) — um coloquialismo pudico para "bottom" [traseiro] — no lugar de "arse" [bunda] (1970/1970); "asterisked" [marcado com asterisco] (1934) no lugar de "buggered" [sodomizado] (1970/1970); e "Flitter the —" [sacudir a —] no lugar de "Flitter the fucker" [sacudir a sacana] (1970/1970). Esse processo de tornar explícito é injusto para com os contos de 1934, ao forçar as produções de uma era mais refinada a se conformar com padrões aceitos nos anos 1960 e 1970.

Embora tenha sido sugerido que a Calder e a Grove colaboraram em suas edições comerciais de 1970, ou que as edições sejam "idênticas", não é o caso.[44] O cotejo mostra que essas edições foram compostas em tipografia independentemente: a da Calder a partir da sua edição mimeografada de 1966 e o texto da Grove de um exemplar da primeira edição. Que as duas edições

---

[43] Jogo de palavras que se perde na tradução entre "son of Han" (filho de Han) e sua inversão "handsome" (bonito). (N. T.)
[44] John Calder diz em *Samuel Beckett: A Personal Memoir* (Naxos Audio Books, 2006) que as duas editoras colaboraram no estabelecimento da composição tipográfica. No entanto, imprecisões a respeito de datas e detalhes de outros acontecimentos relacionados à republicação de *Mais pontas que pés* sugerem que seu relato foi feito de memória e sem consultar os arquivos. A afirmação de que as edições de 1970 são "idênticas" é feita por C. J. Ackerley e S. E. Gontarski, *The Faber Companion to Samuel Beckett*, Londres: Faber & Faber, 2006, p. 381.

de 1970 concordem, então, a respeito de seis variantes — variantes que não são resultado patente de interpolação editorial, erro tipográfico ou salto de leitura — sugere que essas mudanças foram autorais, talvez feitas por telefone ou por carta.

Tomando-as na ordem em que aparecem: em "Caindo fora", a leitura de 1970 "heimlich" é mantida no lugar da de 1934, "heimatlich".[45] Em "O amor e o Lete", três cortes foram feitos. Primeiro, "dee-licious" ("the dee-licious afternoon" [1934]). Segundo, "Belacqua in his glee was like a big baba", que em 1934 se segue a "Tinha intensa consciência de que ela estava em pé afundada até o joelho no queiró diante dele, agradecida por ter um respiro e sem se importar em perguntar o quê". E terceiro, a exclamação "Hein?", que em 1934 se segue a "— Estamos nos perdendo, zombou Ruby". Em "Que infortúnio", o "coágulo" de 1970 foi mantido em vez do "trombo" de 1934 e "ganância" de 1970 em vez de "avareza" de 1934.

Nem o manuscrito de *Mais pontas que pés* nem as provas da primeira edição foram localizados. A versão de "Dante e a lagosta" publicada em *This Quarter*, em dezembro de 1932, segue a mesma sequência de acontecimentos que a versão que publicamos aqui, embora uma quantidade de frases seja redigida de maneira diferente, fornecendo uma visão do processo de revisão de Beckett. Os contos reimpressos separadamente em periódicos e antologias depois de 1934 contêm apenas variações menores e não mostram nenhum indício de revisão.

[45] Embora *heimlich* seja uma palavra mais familiar para falantes de inglês, o que introduz a possibilidade de que os tipógrafos em duas tipografias diferentes possam ter feito a mesma alteração independentemente, ela também se presta a um maior número de intepretações que Beckett poderia estar tentando capturar ao passar de *heimatlich* ("doméstico", no sentido de ser como a terra natal de alguém ou sua região nativa) para *heimlich* (cuja definição principal é "secreto, coberto", mas que também pode significar "de casa, aconchegante" em usos regionais na Alemanha). Devo a William Waters essa explicação.

Nota sobre a tradução

More Pricks than Kicks é o título original deste volume de prosa de juventude de Samuel Beckett, cuja tradução, com todas as suas inúmeras dificuldades (*pricks*), não deixa de proporcionar diversas razões para contentamento (*kicks*). Neste, que é o primeiro livro de ficção publicado pelo autor, é interessante perceber o quanto suas escolhas são coerentes com o projeto literário que tinha na época, o quanto algumas se manterão ao longo de sua obra e outras serão radicalmente abandonadas ou modificadas.

Beckett emprega uma pontuação idiossincrática. Não gosta de vírgulas. Às vezes, simplesmente as elimina de lugares onde são tidas como indispensáveis. Dois exemplos recorrentes: a vírgula que separa a oração subordinada da principal desaparece ("Quando ele se aventurou a olhar para trás tinham ido embora"), ou somem as que isolam uma conjunção ("A morte dela chegou portanto como uma libertação oportuna").

Quanto ao uso de itálicos para destacar palavras estrangeiras, o recurso é simplesmente ignorado. Quando enfatiza algo, o autor pretende destacar mais do que a presença de palavras em outras línguas. E são muitas línguas: italiano, francês, gaélico, escocês, latim, grego. Aos vinte e poucos anos, Samuel Beckett não apenas lia avidamente, mas dedicava-se a um ferrenho trabalho de aprendiz de escritor, estudando dicionários, etimologias, anotando frases e expressões de suas leituras. Não é à toa que este *Mais pontas que pés* parece por vezes difícil de decifrar em suas referências.

E aqui faço uma nota sobre a escassez de notas. Não parecia justo fazer de um livro de contos um compêndio acadêmico repleto delas. O texto pode e deve ser fruído com todas as referências entretecidas nele, aquelas que identificamos com o nosso repertório e as que não conseguimos identificar, sejam elas bíblicas ou literárias, históricas ou filosóficas, da Dublin do final dos anos 1920 e início dos 1930 ou da vida do autor. De modo que as poucas notas de tradução mantidas o foram apenas como pistas para o leitor tentar, se tiver interesse, fazer suas próprias pesquisas.

As histórias de *Mais pontas que pés* dizem muito do jovem Samuel Beckett, de sua formação, de seu empenho em se tornar escritor, de suas influências. James Joyce é o nome que sobressai ao detectarmos certos procedimentos, certas citações paródísticas, como no final do conto "Uma noite molhada", ecoando o final do conto "Os mortos" de *Dublinenses*:

> Mas o vento amainara, como faz com frequência em Dublin quando todos os homens e mulheres de respeito que ele adora aborrecer foram para a cama, e a chuva caía de maneira uniforme imperturbada. Caía na baía, no litoral, nas montanhas e nas planícies, e especialmente no Pântano Central caía com uma uniformidade um tanto desolada.

Para os primeiros leitores empregados pelas editoras, entretanto, a influência de Joyce estava mais ligada a obscenidades do que a quaisquer procedimentos do tipo palavras-montagem, criação de neologismos, uso de palavras estrangeiras. E o livro, no qual o protagonista está o tempo todo às voltas com suas relações com as mulheres, continha trechos considerados obscenos, a começar pelo título. *More Pricks than Kicks*, em primeiro lugar, alude à história bíblica da conversão de Saulo, narrada em Atos 9:5, cuja fala do Senhor, depois de cegar Saulo para convertê-lo, é, na tradução da bíblia de King James: "It is hard for thee to kick against the pricks". A frase indica que não adiantaria o romano tentar lutar ou revoltar-se contra os desígnios do Senhor, assim como não adiantava aos animais subjugados escoicearem quando tocados para frente com a ponta de uma vara. Daí a tradução em português: "Duro é para ti recalcitrar contra os aguilhões" (Almeida Revista e Corrigida). Ou, traduzindo aqui de português para português: "Não adianta dar coices contra as espetadas", ou ainda, mais coloquialmente, "Não adianta dar murro em ponta de faca".

Ora, acontece que, em inglês, *prick* é mais que aguilhão ou picada ou pontada ou espetada. Não se pode deixar de ouvir em prick um nome vulgar para pênis e em *kick*, além do chute, o gozo, o prazer. De modo que poderíamos ter em português algo como *Mais picas que gozos* ou *Mais paus que prazeres*. Mas assim se perderia, além da referência bíblica, todo o jogo de aliterações e assonâncias do título. *More Pricks than Kicks* é um título sonoro, gostoso de falar, engraçado. Minha solução: sair do problema do sentido pelo som, com uma espécie de *nonsense*. Desmembrei os pontapés que tentariam nos defender dos aguilhões em *mais pontas*, mantendo a ideia de picadas, que pés, que preservariam algo dos chutes. Ficou *Mais pontas que pés*. Algo do trocadilho obsceno foi preservado na abreviatura MPQP. E depois do título escolhido, ainda ouvi de um amigo (obrigada, Luiz Eduardo Prado de Oliveira!) a seguinte anedota.

Diz-se que nos idos finais dos anos 1960, no prestigioso Colégio Pedro II, no Rio de Janeiro, os alunos internos embalavam suas atividades mais prazerosas com a seguinte riminha:

"Vai na ponta, vai no pé,
Faz de conta que é mulé!"

Beckett teria gostado.

Ana Helena Souza

Agradecimentos

Citações da correspondência de Beckett com John Calder reproduzidas com a gentil permissão do Estate of Samuel Beckett aos cuidados de Rosica Colin Limited, Londres. Também gostaria de agradecer a Dave Frasier da Lilly Library, Indiana University, e a Diane Cooter do Special Collections Research Center, Syracuse University Library, por seu auxílio em fornecer materiais das coleções Calder & Boyars e Grove Press, respectivamente; a Jim McCue por generosamente emprestar seu exemplar da segunda edição; a Paul Keegan da Faber & Faber pela paciência; e a Christopher Ricks e Frances Whistler do Editorial Institute da Boston University pela inestimável orientação.

CMN

Dante e a lagosta

Tinha amanhecido e Belacqua estava emperrado no primeiro dos cantos, na lua. Estava tão atolado que não podia se mexer nem pra frente nem pra trás. A abençoada Beatriz estava lá, Dante também, e ela lhe explicava as manchas na lua. Mostrava-lhe em primeiro lugar onde ele estava errado, depois fornecia sua própria explicação. Ela a obtivera de Deus, portanto ele podia confiar na sua exatidão em cada detalhe. Tudo o que tinha a fazer era segui-la passo a passo. A parte um, a refutação, ia de vento em popa. Ela argumentou com clareza, disse o que tinha de dizer sem firulas ou perda de tempo. Mas a parte dois, a demonstração, era tão densa que Belacqua não conseguia ver pé nem cabeça. Uma refutação, uma reprovação, isso era patente. Mas aí vinha a prova, um resumo rápido dos fatos reais, e Belacqua ficava mesmo atolado. Aborrecido também, impaciente para chegar a Piccarda. Ainda assim se debruçava sobre o enigma, não se daria por vencido, compreenderia pelo menos os significados das palavras, a ordem em que eram ditas e a natureza da satisfação que proporcionavam ao poeta mal informado, de modo que quando acabavam ele estava revigorado e podia levantar sua cabeça pesada, pretendendo retribuir os agradecimentos e se retratar formalmente da antiga opinião.

Ainda recorria a seu cérebro contra aquele trecho impenetrável quando ouviu bater meio-dia. De pronto apagou da mente a tarefa. Pôs os dedos em concha por baixo do livro e o deslocou até que ficasse todo nas suas palmas. A Divina Comédia voltada para cima no atril de suas palmas. Disposta assim, ergueu-a para debaixo do nariz e ali fechou-a com estrépito. Segurou-a no ar por um tempo, olhando-a com raiva de esguelha, apertando as capas para dentro com a base das palmas. Depois colocou-a de lado.

Recostou-se na cadeira para sentir a mente se acalmar e a coceira desse quodlibet maldoso esmorecer. Nada podia ser feito enquanto sua mente não melhorasse e ficasse quieta, o que gradualmente ela fez. Então atreveu-se a considerar o que tinha a fazer em seguida. Sempre havia algo a fazer em seguida. Três grandes obrigações se apresentaram. Primeiro o almoço, depois a lagosta, depois a aula de italiano. Seria o suficiente para seguir adiante. Depois da aula de italiano não tinha nenhuma ideia muito clara. Sem dúvida algum minúsculo programa de estudos tinha sido elaborado por alguém para o fim da tarde e a noite, mas ele não sabia o quê. Em todo caso não tinha importância. O que tinha importância era: um, o almoço; dois, a lagosta; três, a aula de italiano. Isso era mais do que suficiente para seguir adiante.

O almoço sair de algum jeito era um ótimo negócio. Se fosse para o seu almoço ser agradável, e podia mesmo ser muito agradável, ele tinha que ser deixado em tranquilidade absoluta para prepará-lo. Mas se fosse perturbado agora, se algum tagarela vivaz entrasse saltitando agora grande com uma grande ideia ou petição, ele poderia muito bem não comer de jeito nenhum, pois a comida viraria amargor em seu palato, ou, pior ainda, não teria gosto de nada. Ele devia ser deixado estritamente só, devia ter calma e privacidade totais, para preparar a comida para o almoço.

A primeira coisa a fazer era trancar a porta. Agora ninguém poderia lançar-se sobre ele. Desdobrou um velho *Herald* e esticou-o na mesa. A cara bem bonita de McCabe o assassino olhava para ele. Depois acendeu a boca de gás e desenganchou a torradeira quadrada e chata, grelha de amianto, do prego e colocou-a com precisão sobre o fogo. Achou que tinha de baixar o fogo. Torradas não devem de maneira alguma ser feitas rápido demais. Para tostar o pão como se deve, completamente, deve-se fazê-lo em fogo firme e brando. Do contrário você só torra o lado de fora e deixa o miolo tão encharcado quanto antes. Se tinha uma coisa que ele abominava mais que tudo era sentir seus dentes se encontrarem num batos de miolo e massa. E era tão fácil fazer a coisa direito. Assim, pensou, tendo regulado o fluxo e ajustado a grelha, na hora em que eu tiver cortado o pão, estará no ponto. Agora a bisnaga comprida saiu da lata de biscoitos e sua ponta foi acertada na cara de McCabe. Duas investidas inexoráveis com a serra de pão e um par de nítidas rodelas de pão cru, os elementos principais da sua refeição, jaziam diante dele, aguardando seu prazer. O toco de pão voltou para a prisão, as migalhas, como se não houvesse algo como pardais neste vasto mundo, foram varridas febrilmente para longe, e as fatias agarradas e levadas para a grelha. Todas essas preliminares foram muito apressadas e impessoais.

Era agora que uma verdadeira habilidade começava a ser solicitada, era neste ponto que uma pessoa mediana começava a bagunçar todo o procedimento. Encostou a bochecha contra o miolo do pão, estava morno e poroso, viva. Mas logo ele iria tirar aquele seu toque de pelúcia, por Deus que ele iria bem depressa tirar aquela gorda aparência branca da cara dele. Baixou o gás um tico e chapou um naco flácido com o rechonchudo para baixo na armação incandescente, mas muito apto e preciso, de modo que o todo parecia a bandeira japonesa. Então em cima, não havendo espaço para as duas serem feitas uniformemente lado a lado, e se você não as fizesse uniformemente podia muito bem se poupar de vez o trabalho de fazê-las, a outra rodela foi colocada para esquentar. Quando a primeira candidata estivesse pronta, que era só quando estivesse completamente preta, trocava de lugar com sua companheira, de modo que agora ela por sua vez jazia em cima, pronta e no fim da linha, preta e fumegante, esperando até que o mesmo pudesse ser dito da outra.

Para o lavrador do campo a coisa era simples, aprendera com sua mãe. As manchas eram Caim com sua trança de espinhos, despossuído, amaldiçoado da terra, fugitivo e vagabundo. A lua era aquele semblante caído e marcado, crestado com o primeiro estigma da piedade de Deus, que um banido não pudesse morrer tão depressa. Era uma confusão na mente do lavrador, mas não tinha importância. Tinha sido bom o bastante para a mãe dele, era bom o bastante para ele.

Belacqua de joelhos diante do fogo, debruçado sobre a grelha, controlava cada fase da tostadura. Demorava, mas se algo valesse mesmo a pena fazer, valia a pena fazer bem feito, era um dito verdadeiro. Muito antes do fim o quarto estava cheio de fumaça e fedia a queimado. Ele desligou o gás, quando tudo o que o cuidado e a habilidade humana podiam fazer tinha sido feito, e devolveu a torradeira ao prego. Esse foi um ato de dilapidação, pois crestou um grande vergão no papel. Isso foi vandalismo puro e simples. Que diabo lhe importava? Era a sua parede? O mesmo papel incorrigível estivera ali por cinquenta anos. Estava lívido de velho. Não poderia ser desmelhorado.

A seguir uma camada grossa de Savora, sal e pimenta-de--caiena em cada rodela, bem espalhada enquanto os poros ainda estavam abertos com o calor. Nada de manteiga, Deus nos livre, apenas um bom fomento de mostarda e sal e pimenta em cada rodela. Manteiga era uma mancada, encharcava a torrada. Torrada amanteigada era boa para os da Terceira Idade e Salvacionistas, para aqueles que não tinham nada além de dentes postiços na boca. Esta refeição que ele se dava tanto trabalho para fazer, iria devorá-la com um sentimento de êxtase e vitória, seria como esmagar os polacos de trenó no gelo. Ele iria abocanhá-la de olhos fechados, triturá-la até virar papa, ele a subjugaria inteiramente com seus caninos. Então a angústia da pungência, o espasmo dos temperos, enquanto cada mordida se extinguia, chamuscando seu palato, causando lágrimas.

Mas ele ainda não estava de todo pronto, ainda havia muito a ser feito. Tinha queimado sua oferenda, não a tinha preparado totalmente. Sim, tinha colocado o boi atrás da carroça.

Bateu as rodelas torradas juntas, colocou as duas juntas energicamente como címbalos, aderiram uma à outra no viscoso emplastro de Savora. Então ele as embrulhou por enquanto numa velha folha de papel qualquer. Então se preparou para sair.

Agora o grande negócio era evitar ser interpelado. Ser detido neste estágio e ter um aborrecimento em forma de conversa perpetrado sobre ele seria um desastre. Todo o seu ser se esticava para a frente em direção à alegria reservada. Se fosse interpelado agora poderia muito bem atirar seu almoço na sarjeta e caminhar direto de volta para casa. Às vezes sua fome, mais da mente, quase não preciso dizer, que do corpo, pois esta refeição equivalia a um frenesi tal que ele não teria hesitado em bater em qualquer homem suficientemente incauto para o abordar e estacar, ele o teria empurrado com o ombro para fora do caminho sem cerimônia. Que a desgraça atinja o intrometido que cruzar com ele enquanto sua mente esteja de fato concentrada nesta refeição.

Ele teceu seu caminho rapidamente, a cabeça baixa, através de um labirinto familiar de alamedas e de repente mergulhou numa pequena mercearia de família. Na loja não ficaram surpresos. Na maioria dos dias, por volta desta hora, ele irrompia da rua dessa maneira.

O naco de queijo estava pronto. Separado desde a manhã da peça, estava apenas esperando Belacqua chegar e levá-lo. Queijo gorgonzola. Ele conhecia um homem que viera de Gorgonzola, seu nome era Ângelo. Tinha nascido em Nice mas toda a sua juventude passara em Gorgonzola. Sabia onde encontrar isso. Todo dia estava ali, no mesmo canto, esperando ser requisitado. Gente muito decente e prestativa.

Olhou com ceticismo para o corte de queijo. Virou-o de cabeça para baixo para ver se o outro lado estava melhor. O outro lado estava pior. Tinham colocado o melhor lado para cima, tinham armado aquele pequeno engodo. Quem haveria de culpá-los? Ele o esfregou. Estava suando. Já era alguma coisa. Curvou-se e o cheirou. Uma leve fragrância de putrefação. Que bem havia nisso? Ele não queria fragrância, não era um maldito gourmet, queria um bom fedor. O que queria era um bom bocado de queijo Gorgonzola verde, podre, fedorento, e por Deus iria consegui-lo.

Olhou ferozmente para o merceeiro.

— O que é isto? — perguntou.

O merceeiro contorceu-se.

— E aí? — perguntou Belacqua, não tinha medo quando provocado — isso é o que você pode fazer de melhor?

— Em canto nenhum de Dublin — disse o merceeiro — o senhor vai encontrar um pedaço mais podre neste minuto.

Belacqua estava furioso. O insolente burro de carga por pouco não partiu pra cima dele.

— Não vai servir — gritou — ouviu, não vai servir de jeito nenhum. Não vou levá-lo.

Rangeu os dentes.

O merceeiro, em vez de simplesmente lavar as mãos como Pilatos, abriu os braços num frenético gesto crucificado de súplica. Carrancudo, Belacqua desfez o embrulho e deslizou o cadavérico tablete de queijo por entre as frias e duras tábuas pretas da torrada. Foi pisando forte até a porta onde se virou entretanto.

— Você me ouviu? — gritou.

— Senhor — disse o merceeiro.

Não era uma pergunta, nem sequer uma expressão de aquiescência. O tom em que foi emitida tornava impossível saber o que passava pela cabeça do homem. Foi uma riposta muito engenhosa.

— Estou lhe avisando — disse Belacqua muito acalorado — assim não vai dar mesmo. Se você não fizer melhor que isso — levantou a mão que segurava o embrulho — vou ser obrigado a buscar meu queijo em outro lugar. Você está me ouvindo?

— Senhor — disse o merceeiro.

Foi até a soleira da loja e observou o freguês indignado ir-se embora mancando. Belacqua tinha um andar esparavonado, seus pés estavam em frangalhos, sofria com eles quase continuamente. Até mesmo à noite não davam nenhum descanso, ou praticamente nenhum. Pois então as cãibras tomavam o lugar dos calos e dedos-martelos, e prosseguiam. De modo que ele pressionava as bordas dos pés desesperadamente contra a grade do pé da cama ou, melhor ainda, esticava a mão e os puxava para cima e para baixo em direção ao peito do pé. Habilidade e paciência podiam dispersar a dor, mas lá ficava ela, complicando seu repouso noturno.

O merceeiro, sem fechar os olhos ou tirá-los da figura a distanciar-se, assoou o nariz na fralda do avental. Por ser um homem humano de coração bondoso, sentia compaixão e pena por esse freguês estranho que sempre parecia doente e abatido.

Mas ao mesmo tempo era um pequeno comerciante, não se esqueça disso, com o senso de dignidade pessoal de um pequeno comerciante e do que era o quê. Um *thruppence*, jogou a moeda para cima, o valor de três centavos de queijo por dia, dezoito por semana.[46] Não, ele que não ia bajular homem nenhum por isso, não, nem o melhor da região. Tinha o seu orgulho.

Cambaleando em frente por caminhos tortuosos em direção ao bar modesto, onde era esperado, no sentido de que a entrada de sua grotesca pessoa não iria provocar nenhum comentário ou risada, Belacqua conseguiu aos poucos dominar sua cólera. Agora que o almoço era praticamente um *fait accompli*, porque os panacas incontinentes de sua própria classe, se coçando para comunicarem uma grande ideia ou infligirem um encontro, raramente andavam à solta nesta zona miserável da cidade, ele estava livre para considerar os itens dois e três, a lagosta e a aula, com mais detalhes.

Às quinze para as três deveria estar na Escola. Digamos cinco para as três. O bar fechava, a peixaria reabria, às duas e meia. Supondo que a vaca velha nojenta da sua tia tivesse feito o pedido em boa hora pela manhã, com recomendações estritas de que deveria estar pronto e esperando, de modo que o canalha de seu moleque de recados não sofresse de jeito nenhum qualquer atraso quando fosse buscá-lo à tarde logo cedo, haveria tempo suficiente, se saísse do bar quando fechasse, ele poderia se deixar ficar até o último instante. Benissimo. Tinha meia-coroa. Dava para dois chopes e talvez uma garrafa para arrematar. A preta engarrafada deles era particularmente excelente e descia bem. E ainda ficaria com cobres suficientes para comprar um *Herald* e

---

[46] O merceeiro pensa em *thruppence* (moeda de três centavos). O total seria de dezoito centavos por semana, descontando os domingos. (N. T.)

pegar um bonde se se sentisse cansado ou estivesse com o tempo curto. Sempre supondo, claro, que a lagosta já estivesse prontinha para ser levada. Danem-se esses comerciantes, pensou, nunca se pode confiar neles. Não tinha feito um exercício, mas isso não tinha importância. Sua Professoressa era tão encantadora e admirável. Signorina Adriana Ottolenghi! Não acreditava que fosse possível para uma mulher ser mais inteligente ou bem informada que a pequena Ottolenghi. Então ele a colocara num pedestal na sua mente, afastada das outras mulheres. Ela tinha dito no último dia que eles iriam ler *Il Cinque Maggio* juntos. Mas ela não iria se importar se ele lhe dissesse, como se propunha a fazer, em italiano, ele iria compor uma frase brilhante no caminho ao sair do bar, que ele preferiria adiar o *Cinque Maggio* para uma outra ocasião. Manzoni era uma velha, Napoleão outra. *Napoleone di mezza calzetta, fa l'amore a Giacominetta.* Por que ele pensava em Manzoni como uma velha? Por que lhe fazia essa injustiça? Pellico era outra. Eram todos velhas donzelas, sufragistas. Devia perguntar à sua Signorina de onde poderia ter recebido essa impressão, de que o século 19 na Itália estava cheio de galinhas velhas tentando cacarejar como Píndaro. Carducci era outra. Também sobre as manchas na lua. Se ela não conseguisse lhe dizer ali na hora ela iria compensar isso, com muito prazer, da próxima vez. Estava tudo preparado agora e em ordem. Tirando, claro, a lagosta, que tinha que permanecer um fator incalculável. Devia apenas esperar o melhor. E aguardar o pior, pensou alegremente, ao mergulhar no bar, como de costume.

Belacqua aproximou-se da escola, bem feliz, pois tudo havia nadado com a maré. O almoço fora um sucesso notável, perduraria como um padrão em sua mente. Na verdade, não conseguia imaginar que jamais fosse suplantado. E um pedaço de queijo pálido e esponjoso daquele revelar-se tão forte! Tinha de concluir que estivera se enganando todos esses anos ao associar a força do queijo diretamente ao seu verdor. Vivendo e aprendendo, aí estava um ditado verdadeiro. Seus dentes e maxilares também tinham ido aos céus, lascas de torrada subjugada espumando para fora a cada dentada. Foi como comer vidro. Sua boca ardia e doía a cada façanha. Pois a comida tinha sido ainda mais temperada pela informação, transmitida em voz baixa e trágica através do balcão por Oliver o aperfeiçoador, de que a petição por clemência do assassino de Malahide, assinada por meio país, tendo sido rejeitada, o homem deveria balançar de madrugada em Mount-joy e nada poderia salvá-lo. Ellis o carrasco estava agora mesmo a caminho. Belacqua, rasgando o sanduíche e tragando a preciosa cerveja preta, meditava sobre McCabe em sua cela.

A lagosta estava pronta afinal, o homem a entregou sem demora e com um sorriso tão agradável. Realmente um pouco de cortesia e boa vontade vão longe neste mundo. Um sorriso e uma palavra bem-humorada de um trabalhador comum e a face do mundo se iluminava. E era tão fácil, uma mera questão de controle muscular.

— P'lando — ele disse com bom-humor, entregando-a.

— P'lando? — disse Belacqua. O que diabo era aquilo?

— P'lando de fresquinha, senhor — disse o homem — chegou fresquinha esta manhã.

Agora Belacqua, por analogia com a cavala e outros peixes que ouvira serem descritos como p'lando de frescos quando pescados só uma ou duas horas antes, supôs que o homem quisesse dizer que a lagosta fora morta há pouquíssimo tempo.

Signorina Adriana Ottolenghi estava esperando na saleta da frente perto do saguão, que Belacqua tendia a encarar mais como o vestíbulo. Aquela era a sua sala, a sala do italiano. Do mesmo lado, mas ao fundo, ficava a sala do francês. Só Deus sabe onde era a sala do alemão. Quem ligava pra sala do alemão de qualquer forma?

Pendurou o casaco e o chapéu, pôs o pacote nodoso e comprido de papel pardo na mesa do saguão e entrou prestamente para a Ottolenghi.

Depois de cerca de meia-hora disto e daquilo obiter, ela o cumprimentou pela sua compreensão da língua.

— Você progride depressa — ela disse com sua voz arruinada.

Subsistia tanto na Ottolenghi quanto se poderia esperar da pessoa de uma senhora de certa idade que achara ser jovem e bonita e pura mais uma chatice que qualquer outra coisa.

Belacqua, disfarçando seu enorme prazer, revelou o enigma da lua.

— Sim — ela disse — conheço o trecho. É uma charada famosa. De pronto não posso lhe dizer, mas vou procurar quando chegar em casa.

A doce criatura! Ela iria procurar no seu grande Dante quando chegasse em casa. Que mulher!

— Me dei conta — ela disse — a propósito de não sei o quê, que você não faria mal em traçar os raros movimentos de compaixão de Dante no Inferno. Isso costumava ser — seus verbos no passado eram sempre pesarosos — uma questão favorita.

Ele assumiu uma expressão de profundidade.

— A esse respeito — ele falou — me lembro de um trocadilho soberbo em todo caso:

"qui vive la pietà quando è ben morta…"

Ela não disse nada.

— Não é uma expressão fantástica? — ele disparou.

Ela não disse nada.

— Ora — ele disse como um idiota — me pergunto como você poderia traduzi-la?

Ela ainda não dizia nada. Então:

— Você acha — ela murmurou — que é absolutamente necessário traduzi-la?

Sons como se de algum conflito chegaram desde a entrada. Depois silêncio. Um nó de dedo tamborilou na porta, ela se abriu e lá estava Mlle. Glain, a instrutora de francês, agarrada ao seu gato, os olhos pulados para fora, num estado da maior agitação.

— Oh — arfou — perdoem-me. Estou interrompendo, mas o que estava no saco?

— No saco? — falou a Ottolenghi.

Mlle. Glain deu um passo francês à frente.

— O pacote — ela enterrou a cara no gato — o pacote no saguão.

Belacqua falou com compostura.

— O meu — ele disse — um peixe.

Não sabia o francês para lagosta. Peixe serviria bem. Peixe tinha sido bom o bastante para Jesus Cristo, Filho de Deus, o Salvador. Era bom o bastante para Mlle. Glain.

— Oh — disse Mlle. Glain, com alívio inexprimível — peguei-o bem na hora.

Ela deu um tapinha no gato.

— Ele o teria rasgado em pedacinhos.

Belacqua começou a se sentir um pouco ansioso.

— Ele chegou a alcançá-lo? — ele disse.

— Não não — disse Mlle. Glain — eu o peguei na hora certa. Mas eu não sabia — com um risinho de sabichona — o que poderia ser, então achei melhor vir perguntar.

Vaca ordinária intrometida.

A Ottolenghi achou vagamente divertido.

— Puisqu'il n'y a pas de mal... — ela disse com grande cansaço e elegância.

— Heureusement — estava claro de uma vez que Mlle. Glain era devota — heureusement.

Castigando o gato com palmadinhas, ela se foi. Os cabelos grisalhos de sua cabeça de donzela gritavam para Belacqua. Uma sabichona devota e virginal, farejando um tostão de escândalo.

— Onde estávamos? — disse Belacqua.

Mas a paciência napolitana tem seus limites.

— Onde estamos sempre? — exclamou a Ottolenghi — onde estávamos, como estávamos.

Belacqua se aproximou da casa da tia. Chamemos isso de Inverno, que o crepúsculo caia agora e uma lua se levante. Na esquina da rua um cavalo estava no chão e um homem sentado na sua cabeça. Eu sei, pensou Belacqua, que isso é considerado a coisa certa a se fazer. Mas por quê? Um acendedor de lampiões passou voando de bicicleta, inclinando-se com sua lança nos postes, justando uma luzinha amarela no anoitecer. Um casal pobremente vestido estava parado na curva de um portão pretensioso, ela arriando-se contra as grades, a cabeça abaixada, ele em pé à sua frente. Ele estava perto dela, com as mãos balançando dos lados. Onde estávamos, pensou Belacqua, como estávamos. Foi andando, apertando o pacote. Por que não piedade e compaixão, as duas, mesmo lá embaixo? Por que não clemência e Divindade juntas? Um pouco de clemência na pressão do sacrifício, um pouco de clemência para se regozijar contra o julgamento. Pensou em Jonas e no cabaceiro e na compaixão de um Deus invejoso por Nínive. E no pobre McCabe, seria pego pelo pescoço de madrugada. O que estaria fazendo agora, como estaria se sentindo? Desfrutaria de mais uma refeição, mais uma noite.

Sua tia estava no jardim, cuidando de qualquer flor que morresse nesta época do ano. Ela o abraçou e juntos desceram para as entranhas da terra, para a cozinha no porão. Ela pegou o pacote e o desfez e abruptamente a lagosta estava na mesa, no encerado, descoberta.

— Me garantiram que estava fresca — disse Belacqua.

De repente viu a criatura se mexer, essa criatura neutra. Definitivamente mudara de posição. Sua mão voou até a boca.

— Cristo! — ele disse, está viva.

Sua tia olhou para a lagosta. Ela se mexeu de novo. Fez um leve ato nervoso de vida no encerado. Eles estavam acima dela, olhando para ela embaixo, exposta em crucifixo no encerado. Estremeceu de novo. Belacqua sentiu que ia vomitar.

— Meu Deus — gemeu — está viva, o que vamos fazer?

A tia simplesmente teve que rir. Precipitou-se para a despensa para pegar seu avental chique, deixando-o a olhar arregalado para a lagosta, e voltou com ele e as mangas arregaçadas, toda executiva.

— Bem — ela disse — é assim que se espera que seja, de fato.

— Todo esse tempo — resmungou Belacqua. Então, de repente consciente do equipamento horroroso dela: — O que é que você vai fazer? — exclamou.

— Cozinhar o animal — ela disse — o que mais?

— Mas não está morta — protestou Belacqua — você não pode cozinhar ela assim.

Ela olhou para ele atônita. Será que ele tinha perdido o juízo?

— Tenha juízo — disse rispidamente — as lagostas são sempre cozidas vivas. Têm que ser.

Apanhou a lagosta e colocou de costas. Ela tremelicou.

— Elas não sentem nada — disse.

Das profundezas do mar tinha se arrastado para dentro da panela cruel. Por horas, no meio de seus inimigos, tinha respirado em segredo. Tinha sobrevivido ao gato da mulher francesa e suas garras obtusas. Agora ia parar viva dentro da água escaldante. Tinha que. Que se eleve no ar meu sopro tranquilo.

Belacqua olhou para o velho pergaminho do seu rosto, cinza na cozinha mal iluminada.

— Você faz uma confusão — ela disse com raiva — e me aborrece e depois ataca ela no jantar.

Levantou a lagosta toda da mesa. Tinha cerca de trinta segundos para viver.

Bem, pensou Belacqua, é uma morte rápida, Deus nos ajude a todos.

Não é.

Fingal

A ÚLTIMA GAROTA com quem saiu, antes que um memorável ataque de riso o incapacitasse para galanteios por algum tempo, era bonita, gostosa e espirituosa, nessa ordem. Então numa bela manhã de primavera ele a levou para o campo, para a Colina de Feltrim no campo. Dobraram para o leste na estrada de Dublin para Malahide pouco antes do bosque do Castelo e logo a avistaram, nada mais que uma toca, a ruína de um moinho no topo, covas sufocadas de tojo e amoreiras-pretas aqui e acolá nas suaves encostas. Era um marco por milhas e milhas ao redor por causa da ruína alta. A Colina dos Lobos.

Não estavam há muito tempo no topo, quando ele começou a se sentir um animal de fato muito triste. Mas ela ao que tudo indicava estava altamente bem-disposta, aproveitando o calor do sol e a vista.

— As montanhas de Dublin — ela disse — não é que parecem adoráveis, tão sonhadoras?

Ora Belacqua estava olhando concentradamente na direção oposta, através do estuário.

— É o vento leste — ele disse.

Ela começou a admirar isso e aquilo, o cimo da Lambay Island elevando-se dos bosques marrons do Castelo, o Olho da Irlanda como um tubarão e as colinazinhas ridículas ao longe para o norte, o que eram?

— Naul — disse Belacqua. — Como é possível que você não conheça Naul?

Isto no tom chocado de uma solteirona viajada:

— Não me diga que você esteve em Milão (para rimar com vilão) e não viu a Ceia! Como é possível que tenha passado por Chambéry e não tenha visitado Mme. de Warens?

— O norte de Dublin — ela disse — não conheço mesmo. Tão plano e chato, todos os caminhos dando em Drogheda.

— Fingal, chato! — ele disse. — Winnie, você me espanta.

Refletiram juntos sobre Fingal por um tempo em silêncio. Sua costa comida por enseadas e pântanos, tésseras de pequenos campos, retalhos de bosque brotando como erva-daninha, a linha das montanhas baixa demais para fechar a vista.

— Quando é uma terra mágica — ele suspirou — como Saône-et-Loire.

— Isso não quer dizer nada para mim — disse Winnie.

— Oh, sim — ele disse — bons vins et Lamartine, uma terra de champanhe para os sérios e tristes, não um mísero brinquedinho de jardim de infância como Wicklow.

Você faz grande caso da sua curta temporada no exterior, pensou Winnie.

— Você e seus sérios e tristes — ela disse. — Nunca vai largar disso?

— Bom — ele disse — vou lhe dar Alphonse.

Ela respondeu que ele podia ficar com ele. As coisas começavam a desandar feio.

— O que é isso na sua cara? — ela disse ríspida.

— Impetigo — disse Belacqua. Tinha sentido ele chegar com uma coceira terrível à noite e de manhã lá estava. Logo seria uma crosta.

— E você me beija — ela exclamou — com isso na cara.

— Esqueci — ele disse. — Fico tão excitado, sabe como é.

Ela cuspiu no seu lenço e limpou a boca. Belacqua se deitou humildemente a seu lado, esperando que ela se levantasse e o deixasse. Mas em vez disso, ela disse:

— O que é isso mesmo? De onde vem?

— Sujeira — disse Belacqua — você vê em crianças faveladas.

Um silêncio longo e desajeitado se seguiu a essas palavras.

— Não catuque, querido — ela disse inesperadamente afinal — você só vai piorar isso.

Isso chegou a Belacqua como um gole de água para beber na masmorra. A benevolência dela deve ter significado algo para ele. Voltou-se para Fingal para encobrir seu embaraço.

— Venho com frequência a esta colina — ele disse — para ter uma vista de Fingal, e a cada vez a vejo mais como uma terra do interior, uma terra de santuário, uma terra para a qual você não tem que se vestir todo, na qual você pode andar num terno comum, fumando um charuto.

Que velhusco, ela pensou.

— E onde houve muito sofrimento em segredo, principalmente das mulheres.

— Isso tudo é um sonho — ela disse. — Eu não vejo nada além de três acres e vacas. Você não pode ter Cincinato sem um sulco.

Agora era ela quem estava rabugenta e ele quem estava feliz.

— Oh, Winnie — ele fez um gesto vago de agarrar as franquezas dela, pois ela estava toda de qualquer jeito na grama — você parece muito romana neste instante.

— Ele me ama — ela disse, de pura brincadeira.

— Faça só um beicinho — ele implorou — seja romana, e cruzaremos o estuário.

— E aí...?

E aí! Winnie, pense bem!

— Entendi — ele disse — você está pensando bem. Devemos assinar um contrato?

— Não precisa — ela disse.

Ele era como cera nas mãos dela, ela o torcia para lá e para cá. Mas agora os ânimos estavam de acordo, as coisas ficaram de algum modo muito agradáveis de repente. Ela observou longamente a área da contenda, e ele desejou que ela não falasse, que permanecesse ali com o rosto sério, uma puella calma num mundo embaçado. Mas ela falou (quem há de calá-las, afinal?), dizendo que não via nada a não ser os campos cinzentos dos servos e os baluartes de ex-favoritos. Via! Eram todas iguais na hora do aperto — tapadas. Se ela fechasse os olhos poderia ver alguma coisa. Mudaria de assunto, não tentaria comunicar Fingal, trancaria isso em sua mente. Tanto melhor.

— Olhe — ele apontou.

Ela olhou, piscando para ajustar o foco.

— O grande edifício vermelho — ele disse — do outro lado da água, com as torres.

Por fim ela pensou ver o que ele queria dizer.

— Lá longe — ela disse — com a torre redonda?

— Você sabe o que é — ele disse — porque o meu coração está bem ali.

Bom, ela pensou, ponha suas cartas na mesa.

— Não — ela disse — para mim parece uma fábrica de pão.

— O Manicômio Portrane — ele disse.

— Oh — ela disse — conheço um médico de lá.

Assim, tendo ela um amigo, ele seu coração, em Portrane, concordaram em ir até lá.

Seguiram todo o caminho ao redor do estuário, admirando teorias de cisnes e carquejas, pelas dunas e passando pela torre

Martello, de modo que chegaram a Portrane do sul e do mar e não como um veículo pela ponte da estrada de ferro e pela horrível capela vermelha de Donabate. O lugar era tão cheio de torres como Dun Laoghaire de campanários: duas Martello, as vermelhas do manicômio, uma caixa-d'água e a redonda. Entrando em área proibida sem saber, pois o aviso estava mais à frente na direção do posto da guarda-costeira, subiram a ladeira até aquela última. Seguiram a margem gramada de um campo arado até chegarem onde havia uma bicicleta no chão, meio escondida na grama alta. Belacqua, que não conseguia resistir a uma bicicleta de jeito nenhum, pensou que lugar mais extraordinário para se deparar com uma. O dono estava lá no campo, escarificando os sulcos secos com um forcado.

— É o caminho da torre? — gritou Belacqua.

O homem virou a cabeça.

— Podemos subir até a torre? — gritou Belacqua.

O homem se endireitou e apontou.

— Dispare em frente — ele disse.

— Por cima do muro? — gritou Belacqua. Não havia necessidade dele gritar. Um tom de conversa teria sido ouvido por todo o campo silencioso. Mas ele estava ansioso para se fazer entender, ele temia tanto ter de se repetir que não apenas levantava a voz mas adotava uma entonação monótona que surpreendia Winnie.

— Não seja tolo — ela disse — se é direto sempre é por cima do muro.

Mas o homem parecia satisfeito que tivessem mencionado o muro ou talvez só estivesse contente com a oportunidade de deixar o trabalho, pois largou o forcado e arrastou-se desengonçado até onde eles estavam. Não havia nada digno de nota em sua aparência. Disse que o caminho deles ficava direto em frente, sim, por cima do muro e aí a torre ficava no alto do campo, ou então eles podiam voltar até chegarem à estrada e irem por ela até chegarem às Margens e seguirem as Margens. As Margens? Será que esse sujeito era um dos loucos mais mansos? Belacqua perguntou se a torre era velha, como se fosse preciso um Dr. Petrie para ver que não era. O homem disse que tinha sido construída para alívio no ano da Fome, assim ele tinha escutado, por uma Sra. Fulano, cujo nome ele lembrava errado em honra ao marido.

— Bem, Winnie — disse Belacqua — por cima do muro ou seguindo as Margens?

— Tem uma vista excelente de Lambay do topo — disse o homem.

Winnie era a favor do muro, achava que seria mais direto agora que tinham chegado até ali. O homem começou a calcular isso. Belacqua só podia culpar a si mesmo se não tinham se afastado ainda dessa máquina.

— Mas eu gostaria de ver as Margens — ele disse.

— Se formos adiante agora — disse Winnie — agora que chegamos até aqui, e seguirmos as Margens lá para *baixo*, como vai ser?

Concordaram, Belacqua e o homem, que era preciso uma mulher para resolver essas coisas. De repente, havia um vínculo entre eles.

A torre começava bem; aquilo eram as carnes do funeral. Mas da porta para cima tudo era alívio e nada de honra; aquilo eram as mesas do casamento[47].

Não passaram muito tempo no topo até que Belacqua se sentisse um animal triste de novo. Sentaram-se na grama com os rostos para o mar e o manicômio estava todo embaixo e atrás deles.

---

[47] Carnes do funeral e mesas do casamento: referência a *Hamlet*, ato I, cena 2. (N. T.)

— Certíssimo — disse Winnie — nunca vi Lambay parecer tão perto.

Belacqua podia ver o homem arranhando seu sulco e sentiu um súbito anseio de estar lá embaixo no barro, dando uma mão. Conteve a explicação disso que estava começando e observou o suave acorde de amarelo na encosta, tojo e tasna justapostos.

— As adoráveis ruínas — disse Winnie — ali à esquerda, cobertas de hera.

De uma igreja e, dois pequenos campos mais além, uma torre quadrada sem cercado.

— Ali — disse Belacqua — é onde tenho sursum corda.

— Então é melhor irmos andando — disse Winnie, rápida como um raio.

— Essa torre absurda — ele disse, agora que tinham lhe dito — fica defronte do manicômio, e eles ficam defronte da torre.

Não diga!

— As ameias na parede acho tão comoventes...

Agora os malucos eram despejados no sol, os mais bem comportados deixados por conta própria, os outros em bandos a cargo dos sentinelas. O apito soou e o rebanho parou; de novo, e prosseguiu.

— Tão comovente — ele disse — e comovente da mesma maneira que a cor dos tijolos do velho moinho em Feltrim.

Quem há de calá-los, afinal?

— É picotado — continuou Belacqua — e quando eu era um menininho gordo superalimentado, me sentava no chão com um martelo e um picotador, fazendo rendilhados na borda de um pano vermelho.

— Que é que deu em você? — perguntou Winnie.

Ele se permitira ficar abatido, mas zombava da ideia de um sequitur de seu corpo para a mente.

— Acho que estou ficando velho e cansado — disse — quando me deparo com a natureza fora de mim compensando a natureza dentro de mim, como Jean-Jacques esparramado num canteiro de saxífragas.

— Parecendo compensar — ela disse. Ela não tinha certeza do que queria dizer com isso, mas soava bem.

— E aí — ele disse — tenho muita vontade de voltar ao âmnio, deitado de costas no escuro para sempre.

— Um sempre curto — ela disse — e trabalhando dia e noite. A formalidade bestial das mulheres.

— Que diabo — ele disse — você sabe o que quero dizer. Nada de se barbear ou regatear ou frio ou embrulhada, não — buscou um termo de conotação ampla — nada de suores noturnos.

Lá embaixo no pátio à direita deles, alguns dos pacientes mais mansos chutavam uma bola de futebol. Outros estavam à toa, sozinhos ou em grupos, espairecendo ao sol. A cabeça de um deles apareceu por cima do muro, as mãos no muro, a bochecha nas mãos. Outro, devia ser um muito domado, veio até metade da encosta, desapareceu num vão, emergiu depois de um instante e voltou por onde tinha vindo. Outro, com as costas voltadas para eles, ficou em pé remexendo no muro que dividia o terreno do manicômio do campo onde eles estavam. Um dos bandos estava dando voltas no pátio. Embaixo do outro lado uma longa fila de casas de trabalhadores, nos jardins crianças brincando e gritando. Abstraindo-se o manicômio pouco restava de Portrane além de ruínas.

Winnie observou que os alienados pareciam muito sãos e bem-comportados para ela. Belacqua concordou, mas pensou que a cabeça sobre o muro contava outra história. Paisagens tinham interesse para Belacqua apenas enquanto lhe fornecessem pretexto para uma cara fechada.

De repente o dono da bicicleta estava correndo na direção deles colina acima, agarrado ao forcado. Chegou abrindo caminho por cima do muro, através do acorde de amarelo e pisoteando pelo cimo da encosta. Belacqua se pôs de pé debilmente. Esse maníaco, com a força de pelo menos dez homens, quem poderia segurá-lo? Iria reduzi-lo a papa com seu forcado e estuprar Winnie. Mas ele manteve distância ao se aproximar, por um instante puderam ouvir sua ofegação, e mergulhou adiante por cima da saliência da elevação. Ganhando velocidade na descida, disparou através do portão no muro e desapareceu na esquina do edifício. Belacqua olhou para Winnie, que encontrou com o olhar fixo para o lugar em que o homem por assim dizer fora ao chão, e então para o ponto distante onde ele o tinha visto arranhar os sulcos e sentido inveja. O metal da bicicleta brilhava ao sol.

O que se seguiu foi Winnie acenando e saudando. Belacqua se virou e viu um homem caminhando decidido do manicômio na direção deles encosta acima.

— Dr. Sholto — disse Winnie.

O Dr. Sholto era alguns anos mais novo que Belacqua, um moreno pálido com um cenho. Estava encantado — como diria? — com um prazer tão inesperado, honrado certamente em conhecer qualquer amigo da Srta. Coates. Agora fariam a ele a gentileza de passar à…? Isso significava beber. Mas Belacqua, tendo outros planos, suspirou e improvisou uma declaração comprida e gentil sobre a existência de algo em relação à igreja que ele estaria muito desejoso de verificar em primeira mão, de modo que se ele pudesse aceitar em nome da Srta. Coates, que certamente estava cansada depois da longa caminhada desde Malahide…

— Malahide! — exclamou o Dr. Sholto.

…e ele mesmo ser desculpado, eles poderiam se encontrar todos três na entrada principal do manicômio em, digamos, uma hora. Que tal? O Dr. Sholto objetou educadamente. Winnie pensou muito e não disse nada.

— Vou descer até as Margens — disse Belacqua afavelmente — e seguir pela estrada ao redor. Au revoir.

Ficaram por um instante observando-o partir. Quando ele se aventurou a olhar para trás tinham ido embora. Ele mudou de rota e chegou ao lugar onde a bicicleta estava na grama. Era uma máquina leve e bonita, com pneus vermelhos e aros de madeira. Ele correu pela margem até a estrada e ela foi saltando ao lado sob sua mão. Montou nela e dispararam colina abaixo e fazendo a curva até chegarem afinal à cancela que levava ao campo onde ficava a igreja. A máquina era uma delícia de pedalar, do seu lado direito o mar espumava entre as pedras, as areias à frente eram de um outro amarelo de novo, além delas à distância os chalés de Rush eram de um branco brilhante, a tristeza de Belacqua soltou-se dele como uma viga. Carregou a bicicleta para o campo e depositou-a na grama. Apressou-se a pé, sem dar nem sequer uma olhada para a igreja, através dos campos, por cima de um muro e uma vala, e parou diante da pobre porta de madeira da torre. A aparência de estar trancada não o deteve. Deu-lhe um chute, ela se abriu e ele entrou.

Enquanto isso o Dr. Sholto, no seu santo refúgio agradavelmente designado, tirava proveito da situação com a Srta. Winifred Coates. Assim todos se encontraram em Portrane, Winnie, Belacqua, o coração dele e o Dr. Sholto, e se emparelharam de modo a satisfazer todas as partes. Com certeza é nesses pequenos ajustes que a benevolência da Causa Primeira surge acima de qualquer discussão. Winnie ficou de olho no tempo e chegou pontualmente com seu amigo na entrada principal. Não havia sinal do seu outro amigo.

— Atrasado — disse Winnie — como sempre.

Em relação a Belacqua Sholto não sentia nada além de rancor.

— Bah — ele disse — vai ver que está lixando um túmulo.

Um robusto bloco de velho em mangas de camisa e chinelos estava encostado no muro do campo. Winnie ainda vê, tão vividamente como quando encontraram seu olhar ansioso pela primeira vez, sua grande cara violácea e os bigodes brancos. Se ele tinha visto um estranho por ali, um gordo pálido de casaco de couro preto.

— Não, senhorita — ele disse.

— Bem — disse Winnie, acomodando-se no muro, para Sholto — acho que ele está por aí em algum lugar.

Uma terra de santuário, ele tinha dito, onde muito se sofrera secretamente. Sim, a última vala.

— Você fica aqui — disse Sholto, loucura e maldade em seu coração — e eu vou dar uma olhada na igreja.

O velho começou a mostrar sinais de animação.

— É um fugitivo? — perguntou esperançoso.

— Não, não — disse Winnie — apenas um amigo.

Mas ele se animara, ele estava com a corda toda.

— Nasci em Lambay — ele disse, como forma de abrir uma história infinita de recaptura na qual tinha se distinguido — e trabalhei aqui desde garoto.

— Neste caso — disse Winnie — talvez você possa me dizer o que são essas ruínas.

— Aquela é a igreja — ele disse — apontando para a mais próxima, que acabara de absorver Sholto — e aquela — apontando para a mais distante — é a torre.

— Sim — disse Winnie — mas que torre, o que era?

— Só o que sei — ele disse — é que alguma Lady Fulana era dona dela.

Isso é que era novidade.

— Então antes disso ainda — tudo voltou a ele num ímpeto — talvez você tenha ouvido falar do Dane Swift, ele manteu uma — ele conferiu a palavra e depois deixou que saísse de qualquer maneira — ele manteu uma moita nela.

— Uma morta? — exclamou Winnie.

— Uma moita — ele disse — chamada Stella.

Winnie fixou o olhar no campo cinzento. Nenhum sinal de Sholto, nem de Belacqua, só esse castanho-avermelhado erguendo-se de encontro a ela e a história de uma moita e uma estrela. O que era uma moita?

— Você quer dizer — ela disse — que ele vivia ali com uma mulher?

— Ele a manteu lá — disse o velho, ele tinha lido isso num velho Telegraph e se apegava a isso — e veio de Dublin.

O gordinho Presto, ele saía de manhã cedo, fresco e jejuno, e andava como uma camomila.

Sholto apareceu na cancela do muro com ameias, acenando sem expressão. Winnie começou a achar que tinha bagunçado tudo.

— Só Deus sabe — ela disse a Sholto quando ele subiu — onde ele está.

— Você não pode ficar aqui até de noite — ele disse. — Me deixe levá-la para casa, tenho que ir a Dublin de qualquer forma.

— Não posso abandoná-lo — gemeu Winnie.

— Mas ele não está aqui, que diabo — disse Sholto — se estivesse estaria aqui.

O velho, que conhecia o seu Sholto, aproveitou a deixa para oferecer seus serviços: ficaria de olhos abertos.

— Ora — disse Sholto — ele não pode esperar que você espere por ele aqui para sempre.

Um jovem de bicicleta veio devagar fazendo a curva vindo de Donabate, cumprimentou o grupo e estava dobrando para o caminho do manicômio.

— Tom — gritou Sholto.

Tom desmontou. Sholto deu uma descrição curta e satírica da pessoa de Belacqua.

— Você não viu isso na estrada — ele disse — viu?

— Passei um tipinho assim numa bicicleta — disse Tom, contente em ser útil — no portão do Ross, que nem rastilho de pólvora.

— Numa BICICLETA! — gritou Winnie. — Mas ele não tinha uma bicicleta.

— Tom — disse Sholto — vá pegar o carro, preste atenção e desça com ele até aqui.

— Mas não pode ser ele — Winnie estava furiosa por vários motivos — estou lhe dizendo que ele não tinha uma bicicleta.

— Quem quer que seja — disse Sholto, senhor da situação — passaremos por ele antes que chegue à estrada principal.

Mas Sholto subestimara a velocidade do seu homem, que estava a salvo no bar do Taylor em Swords, bebendo e rindo de um jeito que o Sr. Taylor não gostava, bem antes que eles se pusessem a caminho.

Ding-Dong

Meu amigo por algum tempo Belacqua animou a última fase do seu solipsismo, antes de entrar na linha e começar a desfrutar do mundo, com a crença de que a melhor coisa que tinha a fazer era mover-se constantemente de um lugar para outro. Ele não sabia como tinha chegado a essa conclusão, mas que não era graças a preferir um lugar a outro ele tinha certeza. Agradava-lhe pensar que podia passar no que chamava de Fúrias a perna simplesmente ao pôr-se em movimento. Mas quanto aos locais, um era tão bom quanto o outro, porque todos desapareciam tão logo chegasse a descansar neles. O simples ato de levantar-se e sair, independentemente de onde ou para onde, fazia-lhe bem. Era assim. Lamentava que não dispusesse dos meios para satisfazer essa inclinação como teria desejado, em larga escala, por terra e mar. Para cá e para lá por terra e mar! Não podia bancar isso, pois era pobre. Mas de uma maneira restrita fazia o que podia. Da lareira para a janela, do quarto das crianças para o quarto de dormir, até mesmo de um bairro da cidade para outro, e de volta, esses pequenos atos de movimento ele tinha uma maneira justa de fazer, e eles certamente lhe faziam algum bem via de regra. Era a velha história dos verdes dias, tormento durante os semestres e nos intervalos uma medida de paz.

Sendo por natureza, entretanto, pecaminosamente preguiçoso, atolado na preguiça, não pedindo nada além de ser deixado no seu canto ao bel-prazer do que ele chamava de Fúrias, ele às vezes era tentado a se perguntar se o remédio não era muito mais desagradável que a moléstia. Mas só podia supor que não era, ao ver que continuava a recorrer a ele, de uma maneira restrita é verdade, mas no entanto por anos continuou a recorrer a ele e a retribuir agradecimentos ao pequeno bem que isso lhe fazia.

A forma mais simples desse exercício era o bumerangue, ir e voltar; não, era a única que pudera bancar por muitos anos. Assim é claro que sua artimanha não procedia de nenhuma discriminação entre pontos diferentes do espaço, uma vez que retornava direto, se excetuarmos uma pausa eventual para refrigério, ao seu ponto de partida, e na verdade não menos restaurado em espírito do que se o intervalo tivesse sido passado no exterior nas cidades de mais alta reputação.

Sei de tudo isso porque ele me contou. Fomos Pílades e Orestes por um tempo, aplanados a alguma coisa muito cortês; mas a relação subsistiu e foi altamente confidencial enquanto durou. Testemunhei cada estágio do exercício. Estava lá quando ele começava, pulando em pé e se apressando para longe sem nem sequer pedir licença, impelido por alguma força que não se importava em contestar. Tive vislumbres dele aproveitando sua pequena trajetória. Estive lá de novo quando ele retornava, transfigurado e transformado. Era muito próximo do contrário do autor da Imitação: "contente ao sair e triste ao voltar".

Ele se dava ao trabalho de deixar isso claro para mim, e para todos aqueles para quem expunha sua manobra, que não era de maneira alguma cognata ao popular ato do trabalho bruto, cavar e coisas assim, explorado para dispersar dejetos, um antídoto a depender para sua eficácia da mera exaustão física, e pelo qual exprimia o maior desprezo. Ele não se cansava, dizia; ao contrário. Vivia uma pausa de Beethoven, dizia, o que quer que quisesse dizer com isso. Na ansiedade de explicar-se estava sujeito a malograr. Não, essa ansiedade nela mesma, ou assim pelo menos me parecia, constituía uma ruptura na sua autossuficiência que ele nunca se cansou de arrogar a si mesmo, um colapso lamentável do meu pequeno internus homo, e suficiente sozinha para delatá-lo como símio inepto da sua própria sombra. Mas ele se contorcia para fora de tudo alegando que estava bêbado na hora, ou que era uma pessoa incoerente e contente em permanecer assim, e assim por diante. Era uma pessoa impossível no fim. Desisti dele no fim, porque ele não era *sério*.

Um dia, num verdadeiro gêiser de confidência, ele me fez um relato de uma dessas "pausas móveis". Ele tinha uma forte fraqueza por oxímoros. Da mesma forma se entregava com demasiada indulgência ao gim tônica.

Não era o menor dos charmes desse puro movimento vazio, esse "gresso" ou "gressão"[48], a sua aptidão em receber, com ou sem a aprovação do sujeito, em toda a integridade delas as tênues inscrições do mundo exterior. Isento de destinação, não tinha que afastar o imprevisto nem se desviar das agradáveis bugigangas de vaudeville que são passíveis de surgir. Essa sensibilidade não era o menor dos charmes desse perambular que começou por ser vazio, não o menor dos charmes desse ato puro a celeridade com que acolhia a profanação. Mas por muito pouco o menor.

Emergindo, no particular entardecer em questão, do lavatório subtérreo na pança da College Street, com uma vaga impressão que tinha vindo de seguir o pôr do sol Liffey acima até que toda a cor tivesse sido acossada do céu, todas as tulipas e azinhavre expurgados, ele se agachou, não que tivesse bebido demais

---

[48] "Gresso" ou "gressão": palavras formadas eliminando o prefixo "re". Especula-se que Beckett tenha encontrado esse uso em textos de psicanálise. (N. T.)

mas simplesmente que por ora não havia razões para ele favorecer uma direção a outra, contra o plinto de Tommy Moore. Porém não se atreveu a estar à toa. Não era por cismar malandrinho eu, a caminho eu, tô à toa, que ele tinha saído? Agora a notificação para mover-se era uma intimação. Porém achou que não podia, não mais que o asno de Buridan, mover-se para a direita ou para a esquerda, para a frente ou para trás. Porque era assim, ele não podia entender de jeito nenhum. Nem era esse o momento para um autoexame. Experimentara pouco ou nenhum problema voltando de Park Gate pelo cais do norte, tinha pegado a Ponte e a Westmoreland Street no seu passeio, e agora de repente não se achava bom pra nada a não ser descansar contra o plinto deste bardo de pescoço de boi, e esperar um sinal.

Havia sinais por todo lado. Havia o grande luminoso Bovril para começar, flamejando além do Green. Mas era inútil. Fé, Esperança e — o que era? — Amor, o Éden fazia falta, cada maré zombava, todas as marés baixando do cascalho do Ego Maximus, pequeno eu. Este mesmo isso não ia a lugar nenhum, só dava voltas, como as esferas, mas mudo. Não podia deslocá-lo agora, só podia botar ideias na cabeça dele. Não foi por se sentar quieto entre as suas ideias, as ideias dos outros, que ele tinha saído? O que ele não daria agora para pôr-se em movimento de novo! Para longe das ideias!

Afastando-se disso e de outros emblemas não menos fúteis, sua atenção foi capturada por uma cadeira de rodas sendo empurrada rapidamente debaixo da arcada do Banco, na direção de Dame Street. Movia-se para dentro e para fora da visão por trás das barras das colunas. Era o paralítico cego que se sentava todo dia perto da esquina da Fleet Street, e com mau tempo sob o abrigo da arcada, o mesmo sendo empurrado pra casa para sua casa no Coombe. Tinha passado da sua hora e havia um olhar amargo em seu rosto. Iria dizer poucas e boas para seu ajudante, quando o pegasse para si. Esse ajudante, de aluguel ou parente pobre, vinha toda tarde um pouco antes de escurecer, desamarrava do pescoço e peito do mendigo o cartaz anunciando sua desgraça, arrumava-o confortavelmente aconchegado nas suas cobertas e o empurrava pra casa para seu jantar. Ele fora bem aconselhado a ser assíduo, pois esse mendigo era uma força no Coombe. De manhã era seu dever fazer-lhe a barba e empurrar seu homem, conforme o tempo, para um ou outro dos seus pontos. Assim se dava, dia após dia.

Essa era uma estrela o horizonte a enfeitar, se quisermos, e Belacqua saiu a toda na direção oposta. Descendo a Pearse Street, quer dizer, a comprida e reta Pearse Street, seu vasto Quartel de granito de Glencullen, sua casa da tragédia reformada e ampliada, seus comerciantes de carvão e o Corpo de Bombeiros Florentino, suas duas cantinas Cervi, sorvete e peixe frito, suas leiterias, suas oficinas e escultores monumentais e implícito atrás de todo o comprimento da sua fachada sul o College. Perpetuis futuris temporibus duraturum. Era de se esperar que sim, de fato.

Era uma rua muito agradável, apesar do seu nome, para se passear nela, cheia como sempre estava de substâncias maltrapilhas e idas e vindas juro-por-Deus. O dia todo o trânsito era um tumulto de ônibus, vermelhos e azuis e prateados. Por um desses uma garotinha foi atropelada, exatamente quando Belacqua se aproximava do viaduto da ferrovia. Ela fora até as Leiterias Hibernian pegar leite e pão e depois tinha se precipitado para a rua, estava numa dessas febres infantis de voltar em tempo recorde com seu tesouro para o cortiço em Mark Street onde morava. O bom leite estava espalhado na rua e o pão, que não sofrera ferimentos, parara encostado ao meio-fio, igualzinho como se um par de mãos o tivesse apanhado e colocado ali. A fila para o Cinema Palace estava dividida entre desejos conflitantes: guardar os lugares e ver o alvoroço. Esticavam os pescoços e gritavam para saber o pior, mas ficaram firmes. Só uma garota, de aparência depravada e enrolada num cobertor preto, abandonou o rabo da fila e garantiu o pão. Com o pão debaixo do cobertor ela saiu de banda incontestadamente descendo a Mark Street e dobrou na Mark Lane. Quando voltou para a fila seu lugar tinha sido ocupado claro. Mas sua voltinha não tinha lhe custado mais que uns dois metros.

Belacqua dobrou à esquerda em Lombard Street, a rua dos engenheiros sanitários, e entrou num bar. Aqui ele era conhecido, no sentido de que seu exterior grotesco há muito deixara de distrair os atendentes e fazê-los dar risadinhas, e a ponto de servirem sua bebida sem que precisasse pedi-la. Isso nem sempre parecia um privilégio. Ele era tolerado, além do mais, e deixado em paz pelos habitués rudes mas bondosos da casa, recrutados em sua maioria entre estivadores, empregados da ferrovia e vagos malandros vivendo do seguro-desemprego. Aqui também amor e arte, esgaravatando numa discussão ou cambaleando até em casa, eram barrados, ou, melhor talvez, desconhecidos. Os estetas e os impotentes ficavam bem longe.

Essas circunstâncias se combinavam para fazer deste lugar um gratíssimo refúgio para Belacqua, que nunca descuidara, quando se encontrava em sua vizinhança com dinheiro para uma bebida, de lhe fazer uma visita.

Quando perguntei como conciliava essas visitas com sua ansiedade por se manter em movimento e sua aflição ao se encontrar levado a uma pausa, como quando tinha saído do subsolo na boca da College Street, respondeu que não conciliava.

— Certamente — ele disse — minha determinação tem o direito de desfazer-se.

Eu supunha que sim de fato.

— Ou — ele disse — se você preferir, faço a incursão em dois pulos em vez de sem paradas. No que — ele disse — isso me desqualifica, gostaria muito de saber.

Apressei-me em garantir-lhe que tinha total direito a comprazer-se com o que, afinal, era uma manobra de sua própria invenção, e que a incursão, para adotar seu próprio termo, não perdia nada em ser feita em estágios fáceis.

— Fáceis! — ele exclamou — Como fáceis?

Mas note a resposta dupla, como dois buracos de uma toca.

Sentado neste antro crapuloso, bebendo sua bebida, pouco a pouco ele parou de ver sua decoração com prazer, as garrafas, representando séculos de pesquisa amorosa, os bancos, o balcão, os saca-rolhas poderosos, as falanges lustrosas das alavancas das máquinas de cerveja, tudo concebido e elaborado para estimular as relações entre fornecedor e consumidor neste domínio. As garrafas recolhidas e esvaziadas num piscar, os barris respondendo à mais leve pressão dos manches, os proletários fatigados repousando sobre a b*nd* e o cotovelo, a caixa registradora que nunca reclama, os atendentes graciosos voando de cliente para cliente, tudo isso compunha um espetáculo no qual Belacqua costumava se deleitar e escolhia ver um exemplo agradável de maquinário subserviente com decência ao apetite. Uma notável sinfonia maior de oferta e procura, causa e efeito, com fulcro no dó central do balcão e crescendo, ao prosseguir, nos harmônicos encantadores de blasfêmia e vidro quebrado e todas as alíquotas do cansaço e da embriaguez. De modo que ele costumava dizer que o único lugar onde podia ancorar-se e ser feliz era um reles bar, e que toda a tática enfadonha do malogrado Beethoven seria descartada se tão somente ele pudesse passar a vida num lugar assim. Mas como fechavam às dez, e como moradia e boa-fé eram vistas como incompatíveis, e como em todo caso ele não tinha meios para consagrar sua vida à estase, mesmo no bar mais vil, achava que devia se contentar em gratificar seu capricho de tempos em tempos, e dar graças por tal clemência esporádica.

Tudo isso e muito mais ele se esforçou para deixar claro. Parecia obter uma satisfação considerável do seu fracasso em fazê-lo.

Mas nessa ocasião em particular o gato falhou em dar seu pulo, e o resultado foi que ele ficou tão abatido como se estivesse sentado em casa na própria poltrona maravilhosa, tão ansioso para pôr-se em movimento e com tanta dificuldade quanto para fazê-lo. Por que era assim ele não conseguia perceber. Se a trituração da criança na Pearse Street o tinha perturbado sem que soubesse, ou se (e ele avançava esta alternativa com uma complacência verdadeiramente insuportável) ele tinha chegado a alguma encruzilhada, ele não sabia mesmo. Tudo o que podia dizer era que os objetos nos quais tinha o costume de encontrar tanto repouso e recreação perderam gradualmente a influência sobre ele, que ele se tornou insensível a eles pouco a pouco, os velhos coceira e espasmo arrastaram-se de volta à sua mente. Cobrira ligeiro toda a distância desde Tommy Moore, e agora de repente se encontrava sentado paralisado e se lamentando num pub ainda por cima, não prestando para nada além de encarar sua cerveja preta que azedava, e esperar um sinal.

Até hoje ele não sabe o que o fez levantar o olhar, mas o olhar ele levantou. Ao sentir o impulso para fazer isso forte sobre ele, forçou os olhos para longe do copo de cerveja preta moribunda e foi recompensado com a visão de uma mulher sem chapéu avançando lentamente em sua direção ao longo do corpo do bar. Assim que ela entrou, ele deve ter tomado conhecimento dela. Era com certeza muito curioso no primeiro instante. Parecia que ela estava vendendo uma coisa ou outra, mas o que era ele não conseguia ver, exceto que não eram botões ou fitas ou fósforos ou lavanda ou qualquer um dos artigos comuns. Não que fosse incomum encontrar uma mulher num bar, pois elas iam e vinham livremente, aplacando a sua sede e distraindo suas aflições com não menos liberdade que seus pares masculinos. Na verdade era sempre um prazer vê-las, suas investidas eram sempre das mais simpáticas e honrosas, e Belacqua tinha muitas lembranças encantadoras do contato com elas.

Donde não havia nenhuma razão na terra por que ele devesse enxergar na figura da misteriosa ambulante que avançava algo fatídico, ou da natureza do sinal cuja ausência o pregara a seu banco até a hora de fechar. Porém o impulso de fazê-lo era tão forte que se rendeu a ele, e quando ela se aproximou, tendo encontrado mais recusas que centavos em suas tentativas de dispor das mercadorias, o que quer que fossem, ficou claro para ele que seu instinto não o tinha enganado, na medida pelo menos em que ela era uma mulher com uma presença de fato muito notável.

Sua fala era a de uma mulher do povo, mas de uma dama do povo. Seu vestido tinha dado o que tinha de dar, mas ainda conseguia ser respeitável. Notou, com uma fisgada, que ela trazia no pescoço a insidiosa pelinha falsa tão predominante na favelândia chique. Um traço lamentável da sua indumentária, como Belacqua a apreendera nessa inspeção apressada, eram os sapatos — os grandões cruéis e estreitos das sufragistas e assistentes sociais. Mas não duvidou nem por um instante que tivessem sido um presente, ou amealhados no prego por uma ninharia. Era mais alta que a média e farta de carnes. Podia ter passado da meia-idade. Mas seu rosto, ah o seu rosto, era ao que Belacqua preferia se referir como seu semblante, era tão cheio de luz. Este ela ergueu sobre ele e sem erro. Transbordando de luz e sereno, serenissime, não carregava nenhum traço de sofrimento, e só por isso poderia ser dito que era um rosto notável. Porém como os rostos atormentados que ele vira, como o rosto na National Gallery em Merrion Square do Mestre dos Olhos Cansados[49], parecia ter percorrido um longo caminho e subtender um ângulo infinitamente estreito de aflição, como olhos que enfocam uma estrela. Os traços eram nulos, apenas luminosos, impassíveis e seguros, petrificados em resplendor, ou palavras nesse sentido, pois o leitor é solicitado a reparar que esse doce estilo pertence a Belacqua. Um ato de expressão, ele disse, uma contorção ou um enrugamento, apenas poderia ter o efeito de um redutor numa luz central. Às implicações dessa figura triunfante, as justas e as injustas etc., é melhor renunciar.

Finalmente ela se dirigiu a Belacqua.

— Assentos no céu — ela disse com uma voz branca — dois centavu cada, quatro por seis.

— Não — disse Belacqua. Foi a primeira sílaba a chegar aos seus lábios. Não tinha sido sua intenção rejeitá-la.

— Os melhores assentos — ela disse — de novo vou vender tudo. Dois centavu cada os melhores lugares, quatro por seis.

Isso era inesperado ao extremo, se não exatamente um vaudeville. Belacqua estava envergonhado no mais alto grau, mas extasiado também. Sentia o suor brotar no dorso das costas, acima do seu cinto Montrouge.

— Você tem eles aí? — murmurou.

— O céu vai rodando — ela disse, girando o braço — e rodando e rodando e rodando e rodando e rodando.

---

[49] Mestre dos Olhos Cansados: nome dado ao autor desconhecido de um quadro adquirido, em 1928, pela National Gallery de Dublin, representando uma velha. (N. T.)

— Sim — disse Belacqua — rodando e rodando.

— Rodano — ela disse, sem dizer um *d* e fazendo mais uma rotação no slogan — rodanoerodanoerodano.

Belacqua mal sabia para onde olhar. Incapaz de corar, saiu-se com esse suor bestial. Nada desse tipo nunca acontecera com ele antes. Estava completamente desarmado, desencilhado e infeliz. Os olhos de todos eles, dos estivadores, dos empregados da ferrovia e, mais terrível que tudo, dos malandros, estavam em cima dele. Baixou o rabo. Essa cadela de uma fada com seu Ptolomeu cansativo, ele estava à mercê dela.

— Não — ele disse — não obrigado, esta noite não obrigado.

— De novo vou vender tudo — ela disse — e tu' lotado, quatro por seis.

— Com que autoridade... — começou Belacqua, como um Erudito.

— Pros seus amigo — ela disse — seu papá, s'a mamã e s'a moitinha, quatro por seis.

A voz parou, mas o rosto não esmoreceu.

— Como é que vou saber — piou Belacqua — que você não tá me vendendo um pastel de vento?

— O céu vai rodanoerodano...

— Dane-se — disse Belacqua — vou ficar com dois. Quanto é?

— Quatro vinténs — ela disse.

Belacqua lhe deu uma moeda de seis centavos.

— Benzadeus meu sinhô — ela disse, na mesma voz branca da qual não se apartara. Fez menção de ir embora.

— Ei — gritou Belacqua — você me deve dois centavos.

Nem mesmo teve a gentileza de dizer dois centavu.

— Arrodano — ela disse — pega quatro, num dá não, seu amigo, seu papá, s'a mamã e s'a moitinha.

Belacqua não conseguiu regatear. Não tinha força mental para tanto. Virou-se.

— Jesus — ela disse claramente — e a doce mãe dele preservem s'a senhoria.

— Amém — disse Belacqua, para dentro de sua cerveja preta morta.

Agora a mulher saiu e seu semblante a iluminou até seu quarto em Townsend Street.

Mas Belacqua se demorou um pouco para ouvir a música. Então ele também partiu, mas para a Railway Street, para lá do rio.

Uma noite molhada

Ouça, é a estação das festas e da boa vontade. As compras estão a pleno vapor, as ruas entupidas de foliões, a Corporação ofereceu um prêmio para a janela mais enfeitada, as calças Hyam[50] baixaram de novo.
Mistinguett descartaria os chalés da necessidade. Ela não acha que sejam necessários. Belacqua não. Emergindo um corpo feliz das tripas quentes do McLouglin, ele olhou para cima e admirou a forma do pescoço de boi de Moore, nem um tico curto demais, com todo o devido respeito aos críticos. Brilhante e animado por sobre o fragor do Green, como se treinado pela Estrela de Belém, o luminoso Bovril dançava e dançava pelas suas sete fases.
O limão da fé ictérico, anunciando a série, num fungo de verde desesperador era reduzido a cascalho e abolido. Depois do que a luz se apagou, em homenagem aos trucidados. Uma exsudação ladina de goelas, encarnadas de rogos, levantando as saias de verde para que a profecia pudesse completar-se, escandalizando Gabriel ao cereja, inundaram o luminoso. Mas as saias longas desceram tamborilando, a escuridão cobriu suas vergonhas, o ciclo estava no fim. *Da capo.*
De Bovril a Salomé, pensou Belacqua, e Tommy Moore ali com a cabeça nos ombros. Dúvida, Desespero e Pedinchi-

ce, hei de atrelar minha cadeira de Bath ao maior desses? Do outro lado, debaixo da arcada, o paralítico cego estava a postos, estava muito bem agasalhado em suas cobertas, estava arremetendo para o seu jantar como qualquer proletário. Em breve seu homem viria empurrá-lo pra casa. Ninguém nunca o tinha visto ir ou vir, estava ali num minuto e sumia no seguinte. Ia e voltava. Quando se é pedinte você deve ir e voltar, esse era o primeiro grande artigo da pedinchice cristã. Nenhum homem poderia estabelecer-se para ser pedinte adequadamente numa terra estrangeira. Os Wanderjahre eram sono e esquecimento, um orgulhoso ponto morto. Você voltava sábio e marcava seu compasso em algum lugar ao abrigo, os centavos pingavam, você era admirado em seu cortiço.

A Belacqua fora ofertado um sinal, Bovril lhe fizera um sinal.

Para onde a seguir? Para quais estabelecimentos licenciados? Para onde a cerveja preta que desce bem estivesse, em primeiro; e a solitária de xale como uma nuvem de chuva serôdia[51] num deserto de poetas e políticos, em segundo; e ele nem conhecesse nem fosse conhecido, em terceiro. Uma casa modesta cara às xales[52] onde a cerveja preta descesse bem e ele pudesse ficar consigo mesmo num banco alto com uma alta rodada e fingir estar imerso nos memorandos de Moscou do Twilight Herald. Estes eram muito picantes.

Das duas casas que espontaneamente granjeavam essas exigências uma, situada na Merrion Row, era um lar fora do lar para os cocheiros. Como algumas pessoas diante de galinhas, Belacqua se encolhia diante de cocheiros. Homens rudes, ásperos,

---

[51] Chuva serôdia: Provérbios 16, 15. (N. T.)
[52] As xales (*shawlies*): mulheres da classe trabalhadora, chamadas assim por usarem sempre xales. Eram tipicamente vendedoras ambulantes, muitas delas jovens viúvas. (N. T.)

quase asquerosos. De Moore ao Merrion Row, além disso, era um caminho perigoso, acossado nesta hora por poetas e campônios e políticos. A outra ficava em Lincoln Place, ele poderia ir suavemente pela Pearse Street, não havia nada para impedi-lo. Comprida e reta Pearse Street, permitia uma simples cantilena em sua mente, suas calçadas povoadas com os tranquilos e alienados de cansaço, a rua desumanizada num tumulto de ônibus. Bondes eram monstros, gemendo adiante debaixo do gesto selvagem do trole. Mas os ônibus eram agradáveis, pneus e vidro e colisão e nada mais. Então passar pelo Queens, casa da tragédia, era encantador a essa hora, passar entre o velho teatro e a fila comprida dos pobres e modestos alinhados para filmes de três centavos. Pois ali Florença deslizaria em canção, a Piazza della Signoria e o bonde nº 1 e a Festa de São João, quando acendiam as tochas de resina nas torres e as crianças, enquanto os rojões do anoitecer por cima de Cascine ainda estavam inflamados em sua memória, abriam as gaiolinhas para as cigarras empanturradas depois de seu longo confinamento e ficavam na rua com os jovens pais até bem depois da hora de dormir habitual. Então devagar em sua mente descendo o sinistro Uffizi para os parapeitos do Arno, e assim por diante e assim vai. Esse prazer foi dispensado pelo Corpo de Bombeiros do lado oposto que parecia ter sido aqui e ali copiado do Palazzo Vecchio. Em deferência a Savonarola? Ha! ha! Em todo caso era uma maneira tão boa quanto qualquer outra de consumir a hora de Homero, a escuridão enchendo as ruas e assim por diante, e uma melhor que a maioria em virtude da sua grande sede em direção à modesta casa que o arrebataria da rua através da porta do seu departamento de mercearia se por sorte ainda estivesse aberto.

Então dolorosamente por baixo das muralhas do College, passando os táxis elegantes, ele se pôs em marcha, limpando sua mente para a canção dela. O Corpo de Bombeiros funcionava sem problemas e tudo ia tão bem quanto se poderia esperar, levando em conta o pepino que a noite reservava para ele quando caísse o temporal. Esbarrou em cheio com um tal de Chas, um chato pedante de nacionalidade francesa com um semblante diabólico misto de Skeat e Paganini e uma mente que nem concordância esfarrapada. Era Chas que não queria ou não conseguia deixar ninguém em paz, Belacqua estando absorto em seus pés ardentes e na frase da música em sua cabeça.

— *Halte-là* — piou o pirata — para onde tão alegre?

A sotavento do Showroom Monumental Belacqua foi obrigado a parar e encarar essa máquina. Carregava manteiga e ovos da Leiteria Hibernian. Belacqua entretanto não estava para ser arrastado.

— Uma caminhada — disse vagamente — no crepúsculo.

— Só uma música — disse Chas — ao crepúsculo. Não?

Belacqua retorcia suas mãos na sombra. Tivera o seu caminho bloqueado e o murmúrio de sua mente violado para ouvir esse mecanismo de relojoaria Bartlett? Parece que sim.

— Como vai o mundo — disse porém, apesar de tudo — e quais são as novas do grande mundo?

— Belo — disse Chas, com cautela — belo para mediano. O poema se move, eppure.

Se ele mencionar *ars longa*, Belacqua fez este pacto consigo, terá motivo para se arrepender.

— *Limae labor* — disse Chas — *et mora*.

— Bem — disse Belacqua, soltando as amarras de mãos limpas — nos vemos por aí.

— Mas logo logo, crreeeo — gritou Chas — casa Frica[53], 'sta noite encardida. Não?

---

[53] Frica: abreviação de *fricatrice*, prostituta. (N. T.)

— Pena — disse Belacqua, bem ao largo.

Contemple a Frica, ela visita o talento nos Apartamentos de Baixa Renda. Lá ela pousa, cantando Havelock Ellis numa voz profunda, francamente se coçando para trabalhar aquilo que não é decente. Aberto no seu peito côncavo como num atril jaz o *Penombre Claustrali* de Portigliotti, encadernado em coifa curtida. Nas suas garras ela prende fervorosamente os *Cem dias* de Sade e o *Anterotica* de Aliosha G. Brignole-Sale, sem abrir, encadernados em coifa de chagrém. Um pudim séptico a ludibria, um turbante indigesto de dor ele recobre o rosto cavalar dela. A órbita ocular está entupida com o bulbo, o globo redondo e pálido arregala-se exposto. A meditação solitária forneceu-lhe narinas de buracos generosos. A boca masca um bocado invisível, espuma se acumula nas comissuras amargas. A carne do peito crateriforme, roçada por parapeitos de pança, acovarda-se ironicamente atrás de uma túnica de maternidade. Fechaduras torceram as antipáticas cernelhas, a anca ossuda grita por trás da saia afunilada. Retalhos de tecido tingido ostentam as quartelas. Aïe!

Isso no seu relincho absinto tinha convidado Belacqua e, mais ainda, a Alba, para as escadas dos fundos, a taça de clarete e a intelligentsia. A Alba, atual primeira e única de Belacqua, teve muito prazer em aceitar pelo seu vestido escarlate e largo rosto pálido e aborrecido. A belle do baile. Aïe!

Mas raramente um sem dois e mal Chas fora descartado que opa de dentro do Grosvenor saltou o Poeta feito em casa limpando a boca e um saprofilozinho de capiau-político anônimo dando-lhe corda. O Poeta chupava os dentes com esse prazer inesperado. A camada dourada leste de sua cabeça de projétil não era emudecida por nenhuma coberta. Debaixo do Wally Whimaneen[54] dos seus

---

[54] Wally Whimaneen: brincadeira com o nome do poeta Walt Whitman. (N. T.)

tweeds Donegal devia-se supor um corpo. Ele dava a impressão de ter perdido um gradador e achado uma figura de linguagem. Belacqua ficou paralisado.

— Bebidas — decretou o Poeta com voz de trovão.

Belacqua escafedeu-se nos calcanhares dele para dentro do Grosvenor, os olhos perfurantes do saprófilo sondaram suas partes.

— Agora — exultava o Poeta, como se acabasse de fazer um exército cruzar o Berezina — dê-lhe um nome e entorne.

— Desculpe-me — gaguejou Belacqua — só um momento, faça a gentileza.

Foi gingando para fora do bar e rua adentro e acima a toda e pra dentro do bar modesto através da porta da mercearia como um bocado de pó pra dentro de um Hoover. Foi uma coisa grosseira. Quando intimidado, era grosseiro sem limites, não timidamente insolente como o Conde de Thaler de Stendhal, mas por fim grosseiro às ocultas. Timidamente insolente quando, como por Chas, exasperado; por fim grosseiro às ocultas quando intimidado, infamemente grosseiro pelas costas do seu opressor. Era uma de suas peculiaridadezinhas.

Comprou um jornal de um encantador desregradozinho, que nada um verdadeiro pajem requintado, claramente autônomo, ele não o ameaçaria, pulou-lhe na frente com seus pés descalços enlameados e só três ou quatro debaixo do sovaco pra vender. Belacqua lhe deu uma moeda de três centavos e uma figurinha de cigarro. Sentou-se consigo mesmo num banco na divisão do meio do tríptico principal, os pés num arco tão alto que os joelhos ultrapassavam a borda do balcão (postura admirável para um homem de bexiga fraca e tendência a ptose das vísceras), bebeu cerveja preta abatida (mas não ousou se mexer) e devorou o jornal.

"Uma mulher", leu com um arrepio, "ou é: uma baixinha-da-cintura-pra-baixo, uma quadril-largo, uma costas-rebola, uma barriguda ou uma média. Se o busto for controlado com demasiada contundência, então a gordura há de rolar de escápula a escápula. Se for passável e delicadamente feito, então o diafragma há de estufar e tornar-se disforme. Assim sendo por que não investir *chez* um renomado construtor de corpetes no sutiã-cum-corpete decotado, feito dos mais finos Brocados, Cotins e Elásticos, costura cêntupla nas áreas de desgaste, guarnecido de aço espiralado inflexível? Fornece uma sustentação estupenda dos quadris e diafragma, ressalta o vestido de noite sem gola, sem mangas, costas nuas…"

Ó Amor! Ó Fogo! mas será que o vestido escarlate não teria nenhuma dessas partes? Ela era uma baixinha-pra-baixo ou uma costas-rebola? Ela não tinha cintura, nem se dignava a rebolar. Ela não era para ser rotulada. Não era para ser encorpetada. Não mulher de carne.

A cara do atendente se apagou e a de Grock apareceu em seu lugar.

— Diga de novo — disse o rasgão vermelho no betume branco.

Belacqua disse tudo e muito mais.

— *Nisscht möööööööglich* — gemeu Grock, e sumiu.

Agora Belacqua começou a se preocupar caso o pior viesse a acontecer e o vestido escarlate tivesse as costas nuas afinal. Não que ele tivesse qualquer dúvida sobre as costas assim expostas serem um colírio para os olhos. As omoplatas seriam bem definidas, teriam um movimento livre e elegante de articulação esférica. Em repouso seriam as patas de uma âncora, o sulco delicado da espinha sua haste. Sua mente debruçava-se sobre essas costas que lhe infundiam assombro. Ele as via como uma flor-de-

-lis, uma folha espatulada com segmentos angulados para trás, como as asas de uma borboleta sugando um botão, a partir da sua dobradiça comum. Depois, buscando mais longe no campo, como um obelisco, uma cruz potenciada, dor e morte, natureza--morta, um pássaro crucificado numa parede. Essa carne e ossos enrolados em escarlate, esse coração de carne lavada drapeada em escarlate...

Incapaz de suportar mais ainda sua dúvida quanto ao corte do vestido passou pelo balcão e alcançou a casa dela pelo telefone.

— Se vestindo — disse a empregada, a Venerilla, sua amiga e futura alcoviteira — e cuspindo sangue.

Não, ela não iria descer, estava lá em cima em seu quarto blasfemando e xingando há uma hora.

— Tô cum medo da minha minininha — disse a voz — de chegá perto dela.

— É fechado nas costas — perguntou Belacqua — ou aberto?

— É o quê?

— O vestido — gritou Belacqua — o que mais? É fechado?

A Venerilla pediu que ele esperasse enquanto ela trazia a visão dele à sua mente. As reprimendas desse membro inefável eram claramente audíveis.

— Seria o vermelho? — ela disse, depois de incontáveis eras.

— O maldito vestido escarlate, claro — ele gritou no seu tormento — você não sabe?

— Espere aí... Ele tem botões...

— Botões? Que botões?

— Abotoa até em cima atrás, senhor, com a ajuda de Deus.

— Diga de novo — implorou Belacqua — de novo e mais uma vez.

— Num já disse — gemeu a Venerilla — abotoa até em cima nela.

— Louvado seja Deus — disse Belacqua — e a sua abençoada Mãe.

Calma agora e aborrecida a Alba, vestida insidiosamente com primor, passa o tempo na cozinha embaixo, sem prestar atenção à sua boba da corte que se atreveu a descortinar a aflição de Belacqua. Ela está sofrendo, seu conhaque está à mão, aquecendo na taça grande sobre o forno. Por trás da sua fachada abandonada em elegância, vergando-se em sua elegância e nublada em sua tristeza nativa, um rito mais ansioso que a suntuosa meditação progride. Pois sua mente está no genuflexório diante talvez de um propósito fútil, ela está carregando a mola da mente para um empreendimento talvez sem importância. Deixando seu rasgão externo pro tem. ela está se apertando cada vez mais, está tensionando os pesos da mente, para ser a belle do baile, banquete ou festa. Qualquer garota menos bonita teria menosprezado tal tática e considerado esse tipo de absorção a serviço de uma ocasião tão simples injustificado e, o que era pior, uma triste confidência. Aqui estou eu, uma menos abundante teria argumentado, a belle, e lá está o baile; que esses dois pontos sejam reunidos e a coisa está feita. Deveríamos então insinuar, com tal simplória, que a Alba questionava a virtude de sua aparência. Verdade verdadeira que não. Ela só tinha que desatar seus olhos, ela só tinha que destampá-los, tão bem quanto sabia, e ela podia ter clemência por quem quisesse. Não havia nenhuma dificuldade nisso. Mas o que ela questionava mesmo, funestamente, como se soubesse a resposta de antemão, era a propriedade de uma distinção à disposição dela, de uma palma que ela só tinha que abrir os olhos e assumir. Que a simplicidade da proeza a colocava em primeiro lugar contra ela, relegando-a entre a multidão de coisas que não faziam seu *gênero*, é irrefutável. Mas esse era apenas um aspecto minucioso da sua posição. É com a depreciação incorporada no pensamento de Belacqua, e no dela inclinando-se a isso, quanto à qualidade da façanha que ela luta agora. É com a sua, sem dúvida, imprestabilidade que ela agora tem a ver. Aborrecida e quieta, consciente do conhaque à mão mas sem sede dele, eleva seu volume para uma realidade de preferência, lenta mas seguramente ela doura sua opção, ela a exalta até os domínios da escolha. Ela vai fazer isso, vai, vai ser a belle do baile, contente, séria e cuidadosamente, *humiliter, fideliter, simpliciter*, e não meramente porque ela pode muito bem. Cabe a ela, ela uma mulher do mundo, ela que sabe, deter-se entre duas opiniões, soçobrar num estreito de duas vontades, pender em suspense e ser a mais assassinada? Ela que *sabe*? Então longe dessa bobagem logo ela irá se irritar para sair. E agora ela ousa, até que chegue a hora, o relógio bata, delegar uma porção de sua atenção a instruções para reorganizar seus traços, mãos, ombros, costas, o exterior numa palavra, o interior tendo sido espetado. De repente tem sede do Hennessy. Canta para si mesma, para seu próprio deleite, acentuando todas as palavras que clamam por acentos, como Dan o primeiro a gorjear sem temor ou favor:

    No me jodas en el suelo
    Como si fuera una perra,
    Que con esos cojonazos
    Me echas en el coño tierra.

O Urso Polar, um grande e velho devasso brilhante, já estava a caminho, acelerando por estradas interioranas escuras e gotejantes num franco desmazelo crasso de ônibus estrepitoso, envolvendo com a distinção efervescente de um cardeal da Renascença num jogo-de-língua bastante lânguido um conhecido de longa data, um jesuíta com pouco ou nenhuma bobagem em si mesmo.

— O *Lebensbahn* — ele estava dizendo, pois nunca usava a palavra inglesa quando a estrangeira o agradava mais — do galileu é a tragicomédia do solipsismo que se recusa a capitular. As humildades e os *retro me* e pileques de senhorreverência estão no mesmo nível dos vamos logos, da arrogância e do egoísmo. Ele é o primeiro grande playboy autossuficiente. O rebaixamento críptico diante da mulher pega com a mão na massa é uma peça de impertinência megalomaníaca tão grande como sua interferência nos assuntos do seu amigo Lázaro. Ele abre a série de suicídios escorregadios, em contraste com a variedade empedocliana séria. Ele tem de responder pelo desgraçado Nemo e seus co-*ratés*, sangrando em paroxismos de *dépit* para um público indiferente.

Tossiu uma bolota gorda de muco, girou-a ao redor da bacia ávida do palato e guardou-a para uma degustação futura.

O S.J. com sua pouca ou nenhuma bobagem teve apenas força suficiente para expressar seu cansaço.

— Se você soubesse — ele disse — como me aborrece com o seu dois-vezes-dois é quatro.

O U.P. não entendeu.

— Você me chateia — disse o S.J. arrastando as vogais — mais do que um prodígio infantil.

Fez uma pausa para convocar suas energias.

— Na sua voz calva — ele prosseguiu — preferindo o farmacêutico Borodine a Mozart.

— Ao que todos dizem — retrucou o U.P. — o seu doce Mozart era um *Hexenmeister* de calçolas.

Essa foi maldosa, que ele faça o que quiser dessa.

— Nosso Senhor —

— Fale por si mesmo — disse o U.P., espicaçado além da conta.

— Nosso Senhor não era.

— Você esquece — disse o U.P. — que ele terminou tudo na procriação.

— Quando você crescer e virar um garoto grande — disse o Jesuíta — e puder entender a humildade que está além do masoquismo, venha falar comigo outra vez. Não cis-, ultra-masoquista. Além da dor e do serviço.

— Mas justamente — exclamou o U.P. — ele não serviu, o finado lamentado. O que mais estou dizendo? Um criado não tem grandes ideias. Ele decepcionou a agência central.

— A humildade — murmurou o janízaro — de um amor grande demais para a faina e verdadeiro demais para precisar do tônico da urticação.

O prodígio infantil fez um esgar para essa variedade confortável.

— Vocês tornam as coisas agradáveis para si mesmos — falou com um esgar — devo dizer.

— A melhor razão — disse o S.J. — que se pode dar para acreditar é que é mais divertido. A descrença — disse o soldado de Cristo, preparando-se para levantar-se — é uma chatice. Nós não conferimos o troco. Nós simplesmente não suportamos ser chateados.

— Diga isso do púlpito — disse o U.P. — e você será rufado até o deserto.

O S.J. riu profusamente. Era possível imaginar um impostor de matemático mais simplório do que esse sujeito!

— Você faria — ele rogou, vestindo seu casaco — você faria, meu caro e bom rapaz, a gentileza de ter sempre em mente que eu não sou um Padre de Paróquia.

— Não me esquecerei — disse o U.P. — que você não cata lixo. O seu amor é grande demais para os dejetos.

— Eizac-tamente — disse o S.J. — Mas eles são homens excelentes. Um quê de assiduidade, um quê ansiosos demais para estabelecer um preço. Do contrário...

Ele se levantou.

— Observe — ele disse — desejo descer. Puxo este cordão e o ônibus para e me deixa descer.

O U.P. observou.

— Justamente numa Geena de elos assim — disse esse homem notável, com um pé na calçada — forjei a minha vocação.

Com essas palavras foi embora e o fardo da passagem dele caiu sobre o U.P.

A garota de Chas era uma xale de Shetland. Ele tinha prometido buscá-la a caminho da Casa Frica e agora, encilhado acima de qualquer reproche em seu jaquetão, continha sua impaciência em pegar o bonde para explicar o mundo a um grupo de estudantes.

— A diferença, se posso dizer assim —

— Oh — gritaram os estudantes, *una voce* — oh, por favor!

— A diferença, então, digo, entre Bergson e Einstein, a diferença essencial, é aquela entre um filósofo e um sociologue.

— Oh! — gritaram os estudantes.

— Sim — disse Chas, lançando a mais longa proclamação que podia fazer antes do bonde, que tinha surgido, ia encostar ao lado.

— E se for esperto agora falar de Bergson como de um charlatão — ele se afastou — é que nos movemos do Objeto — deu um salto para o bonde — e da Ideia para o SANTIDO — ele gritou do estribo — e a RAZÃO.

— Sentido — ecoaram os estudantes — e razão!
A dificuldade estava em saber o que exatamente ele queria dizer com *sentido*.
— Ele deve querer dizer os *sentidos* — disse um primeiro — olfato, sabe como é, e assim por diante.
— Não — disse um segundo — ele deve querer dizer o *senso comum*.
— Acho — disse um terceiro — que ele deve querer dizer *instinto*, intuição, sabe como é, esse tipo de coisa.
Um quarto almejava saber que Objeto havia em Bergson, um quinto o que era um sociologue, um sexto o que ambos tinham a ver com o mundo.
— Devemos perguntar a ele — disse um sétimo — só isso. Não devemos nos confundir com especulações inexpertas. Então veremos quem tem razão.
— Devemos perguntar a ele — gritaram os estudantes — então veremos...
Diante desse entendimento, de que o primeiro a vê-lo novamente com certeza iria perguntar-lhe, seguiram seus nem tão diferentes caminhos.

O cabelo do Poeta feito em casa, cortado tão rente, não se prestava docilmente a qualquer efeito impressionante de penteado. Aqui outra vez, em seu entusiasmo pela austeridade do dorso de um rato, ele se proclamava reagindo contra os anos noventa. Mas o pouco que havia a fazer ele fizera, com uma loção que tinha ele dera uma vivacidade aos tufos. Também tinha mudado a gravata e dobrado o colarinho. E agora, apesar de sozinho e sem ser observado, andava pra cima e pra baixo. Estava elaborando sua peça, *d'occasion* talvez em ambos os sentidos, cujos traços principais tinha fixado recentemente ao pedalar da Casa Amarela para casa em sua bicicleta. Ele a mostraria quando sua anfitriã viesse com sua petição, ele não enrolaria como um pianista amador nem a olharia por cima do ombro como um profissional. Não, ele se levantaria e diria, não declamaria, declararia gravemente, com a gravidade penetrante do Meio Oeste que é como voluptuolhos de lágrimas:

> CALVÁRIO À NOITE
> a água
> a sobra de água
>
> no útero da água
> uma florzinha salta.
>
> rojão de botão flama flor da noite murcha por mim
> nos seios da água fechou-se e fez
> um ato de presença floral na água
> o ato tranquilo do seu ciclo na sobra
> do brotar para fora
> ao re-enuteramento
> imperturbada mesura de doce-cheiração petalina
> martim-pescador abatido
> afogado por mim
> cordeiro do insustento meu
>
> até o clamor de um botão azul
>
> bater nas paredes do útero de
> a sobra de
> a água

Decidido a expor essa forte composição e causar algo como um frêmito, queria muito que não houvesse nenhuma falha no modo de apresentação adotado por ele como o mais digno de sua maneira aquática. Na verdade tinha que sabê-la à risca para não ter que dizê-la à risca, para dar a impressão de que no labor de sua exteriorização ele estava sendo despedaçado. Pegando a deixa do equilibrista, que nos extasia ao falhar uma, duas, três vezes, e então, num frenesi uniforme da vontade, consegue se safar, julgava que essa pequena reviravolta, se fosse para conquistar o salão, demandava que se acentuasse não tanto o conteúdo da atuação como a evisceração espiritual do ator. Por isso ele andava pra lá e pra cá, habituando-se às palavras e aos efeitos de *Calvário à noite*.

A Frica penteava o cabelo, para trás e para trás ia ancinhando suas tranças violetas até que fechar os olhos virou um problema. O efeito era de uma gazela estrangulada, mais apropriado para usar à noite do que seu potrinho ao pé do dia a dia. A Ruby de Belacqua, nas suas campanhas mais precoces, tinha preferido o mesmo penteado Sabine retesado, até a Sra. Durão, à força de protestar que ele fazia seu rostinho de passarinho parecer um losango chupado, induzi-la a fofar e frisar um pouco as coisas. Ai em vão! pois aureolada ela era todinha uma boneca grande demais que abre e fecha os olhos. Nem era de fato losango, chupado ou raso, de qualquer modo a função mais ignóbil que o rosto de uma mulher poderia desempenhar. Pois aqui à mão, poupando nossa passagem para Derbyshire, temos a Frica, com aparência totalmente horrenda.

Gazela estrangulada não dá nenhuma ideia. Seus traços, como se a mão de uma sedutora sem atrativos estivesse atada à sua cabeleira, estavam compostos num nó gorado e trancados num ricto. Tinha franzido a testa para pintar as sobrancelhas, então agora tinha quatro. A íris ofuscada se abobadava numa agonia branca de súplica, o lábio superior retorcido para trás num grunhido para as narinas desassistidas. Iria morder a língua fora, essa era uma pergunta interessante. O queixo quebra-nozes traía um coágulo patente de cartilagem tireoide. Era impossível afastar a terrível suspeita de que suas mamas achatadas, em solidariedade com essa eructação atormentada do semblante, tivessem produzido talha-mares e estivessem esporeando o corpete. Mas seu rosto estava além de apelos, uma sede de injúria flagrante. Ela só tinha que arrumar as mãos para que a palma e os dedos de uma tocassem a palma e os dedos da outra e segurá-las assim unidas diante do peito com uma leve inclinação para cima para parecer uma mártir sem calçolas no cio.

No entanto a artística Condessa de Parabimbi, dando marcha à ré através da multidão, iria pendurar-se na presença malva da bruxa-mãe, a coisa viva mais sagrada da Caleken Frica, e

— Minha querida — ela seria francamente obrigada a ejacular — nunca vi sua Caleken *assim* tão impressionante! Simplesmente Sistina!

O que sua Senhoria teria o prazer de querer dizer? A Sibila de Cumes com rédeas, cheirando a brisa para os Irmãos Grimm? Oh, sua Senhoria não se importava de ser tão infernal meticulosa e simpática, isso seria como resolver quantos seixos havia no bolso do Pequeno Polegar. Era apenas uma impressão vaga, era meramente que ela parecia, com aquela tez de estranha textura tachada viscosa, tão *frescosa*, da cintura para cima, minha querida, com aquela telinha cobalto-destemperada, uma verdadeira gema do pilhado Quattrocento, uma verdadeira joia, minha querida, do sudoríparo Grande Tom[55]. Ao que a virgem vidual, bem

---

[55] Grande Tom: provavelmente referindo-se ao pintor Tommaso Masaccio, cujo quadro *A Virgem Maria com o Menino Jesus* da National Gallery faz uso de um impressionante azul-cobalto. (N.T.)

consciente depois desses muitos anos de que todas as coisas no céu, na terra e nas águas estavam como foram recebidas, faria votos de preservar pelo tempo que fosse poupada o elogio erudito de uma tal entendida.

— Maaaccchè! — bale a Parabimbi.

Isso pode ser prematuro. Anotamos cedo demais, talvez. Ainda assim, que fique ora bolas.

Voltando à Frica, eis a campainha afinal, tocando para dentro das suas pipetas falopianas, galvanizando-a para longe do espelho como se o seu umbigo tivesse sido apertado em anunciação.

O Estudante, cujo nome nunca haveremos de saber, foi o primeiro a chegar. Uma pequena besta repugnante era ele, com uma testa.

— Oh, Senhoouura! — ele irrompeu, seus grandes olhos castanhos parecendo bêbes della Robbia na Frica — não me diga que sou o primeiro!

— Não se aflija — disse Caleken, que podia farejar um poeta contra o vento — só por uma pequena gafe.

Bem nos calcanhares do Poeta chegou um bando de indefinidos, depois um botânico púbico, depois um Gaélico de Galway, depois a xale de Shetland com o seu Chas. Ele o Estudante, ciente de sua promessa, abordou.

— Em que sentido — ele iria tirar isso dele ou morrer — você usou *sentido* quando disse...?

— Ele disse o quê? — exclamou o botânico.

— Chas — disse Caleken, como se estivesse anunciando o nome de um vencedor.

— Adsum — admitiu Chas.

Uma ameixa de muco explodiu no vestíbulo.

— O que quero saber — reclamou o Estudante — o que todos queremos saber, é em que sentido ele estava usando *sentido* quando disse...

O Gaélico, no coração de um repolho de indefinidos, estava estragando o pensamento do dia de Duke Street para a bruxa.

— Owen... — ele começou outra vez, quando um ignoramus sem nome, desejoso de entrar em cena nos trabalhos o quanto antes, disse rispidamente:

— Que Owen?

— Boa noite — berrou o Urso Polar — boa noite boa noite boa noite. Qué noite, Madame — dirigiu-se veemente, por pura educação, direto a sua anfitriã — Got! *qué* noite!

A bruxa gostava tanto do U.P. como se o tivesse comprado na feira de brinquedos da Clery.

— E você vindo de tão longe! — Ela desejava poder balançá-lo nos joelhos. Era um homem desleixado e com frequência temperamental. — Bom demais que você veio — ela acalantou — bom demais da sua parte.

O Homem da Lei, o rosto uma conflagração de acne, foi o próximo, escoltando a Parabimbi e três piranhas enfeitadas para a escada dos fundos.

— Encontrei com ele — cochichou Chas — ziguezagueando pela Pearse Street, Brunswick Street, você sabe, foi isso.

— En route? — arriscou Caleken. Estava um pouco descarada com toda a agitação.

— Hein?

— A caminho daqui?

— Bem — disse Chas — lamento, minha cara Senhorita Frica, que ele não tenha deixado ab*sol*utamente claro se vinha ou não.

O Gaélico disse para o U.P. numa voz magoada:

— Eis um homem que quer saber que Owen.
— Não é possível — disse o U.P. — você me espanta.
— É o da boca doce? — disse um arenoso filho de Han.
Agora a ponta do discernimento de U.P. estava afiada e brilhante.
— Aquele *emmerdeur* — ele zombou — o estranha boca doce!
A Parabimbi pulou.
— Você disse? — ela disse.
Caleken emergiu da turba, veio para a frente.
— O que pode estar atrasando as garotas — ela disse. Não foi exatamente uma pergunta.
— E a sua irmã — interrogou o botânico — sua encantadora irmã, onde estará esta noite agora me pergunto.
A Velhota saltou na brecha.
— Infelizmente — disse, em tons melodiosos e com grande precipitação — de cama, indisposta. Uma enorme decepção para todos nós.
— Nada de grave, Madame — disse o Homem da Lei — esperemos que não?
— Não, obrigada. Felizmente não. Uma ligeira indisposição. Pobre dentinho-de-leão!
A Velhota soltou um sonoro suspiro.
O U.P. trocou um olhar de compreensão com o Gaélico.
— Que garotas? — ele disse.
Caleken expandiu os pulmões:
— Pansy — o Poeta sentiu uma palpitação, por que não trouxera a nux vomica? — Lilly Neary, Olga, Elliseva, Bride Maria, Alga, Ariana, Tib a alta, Sib a esguia, Alma Beatrix, Alba — Eram realmente muito numerosas, ela não podia percorrer toda a lista. Ela estancou a boca.

— Alba! — ejaculou o U.P. — Alba! Ela!

— E por que — interveio a Condessa de Parabimbi — por que não Alba, quem quer que ela seja, em vez de, digamos, a Mulher de Bath?

Um indefinido surgiu no meio deles, ofegou as alegres novas. As garotas tinham chegado.

— São guarrotas — disse o botânico — sem dúvida. Mas são *as* guarrotas?

— Agora espero que possamos começar — disse a Frica mais nova, e, a mais velha inconsciente de qualquer obstrução ou bloqueio, para cima do estrado ligeira subiu e descortinou os comes e bebes. Virando as costas para o alto elevador monta-prato, com um largo gesto alado de piedade lapidada, ela instituiu a seguinte seleção:

— Chá! Refresco! Chocolate quente! Força! Consomé! Ensopado! Caldo de Alho-Poró! Hulluah! Apfelmus! Ictiocola! Ching-Ching!

Um terrível silêncio se abateu sobre a plateia.

— Grande parra — disse Chas — e pouca uva.

Os fiéis mais famintos assaltaram a plataforma.

Dois romancistas censurados, um bibliômano e sua amante, um paleógrafo, um violista d'amore com seu instrumento numa sacola, um parodista popular com a irmã e seis filhas, um ainda mais popular Professor de Tauriscrito e Ovoidologia Comparada, o saprófilo melhorado depois de umas, um pintor e decorador comunista recém-chegado da reserva de Moscou, um príncipe mercante, dois judeus graves, uma rameira em ascensão, mais três poetas com as respectivas Lauras, um chichisbéu descontente, um coro de dramaturgos, o inevitável enviado do Quarto Poder, uma falange de Stürmers da Grafton Street e Jemmy Higgins chegavam agora todos juntos. Tão logo foram absorvidos a Parabimbi, muito mais para pássaro solitário nesta ocasião na ausência de seu marido o Conde que fora incapaz de acompanhá-la porque seria marcado com asterisco se fosse, recebeu suas atribuições da Frica de quem, como foi mostrado, a Velhota era tão profundamente devedora.

— Maaaacchè! — disse a Condessa de Parabimbi — eu apenas constato.

Segurou o pires embaixo do queixo como um cartão de comunhão. Baixou a xícara no seu encaixe sem um ruído.

— Excelente — ela disse — excelentíssima Força.

A bruxa sorriu dos dentes para fora.

— Tão contente — ela disse — tão contente.

Não se via o Professor de Tauriscrito e Ovoidologia Comparada em lugar nenhum. Mas essa não era sua vocação, ele não era um garotinho. Sua função era ser ouvido. Ele era ampla e distintamente ouvido.

— Quando o imortal Byron — torpedencetou ele — estava prestes a deixar Ravena, para navegar em busca de alguma praia distante onde a morte de um herói pudesse acabar com seu spleen imortal...

— Ravena! — exclamou a Condessa, a memória puxando as cordas de seu coração cuidadosamente cultivado — ouvi alguém dizer Ravena?

— Permita-me — disse a rameira em ascensão — um sanduíche: ovo, tomate, pepino.

— Você sabia — disparatou o Homem da Lei — que os suecos têm nada menos que setenta variedades de Smoerrbroed?

A voz do aritmomaníaco foi ouvida:

— O arco — ele disse, curvando-se para todos com a grande platitude de suas palavras — é mais comprido que a corda.

— Madame conhece Ravena? — disse o paleógrafo.

— Se eu conheço Ravena! — exclamou a Parabimbi — Certamente conheço Ravena. Uma doce e nobre cidade.

— Você sabe, claro — disse o Homem da Lei — que Dante morreu lá.

— Certo — disse a Parabimbi — morreu sim.

— Você sabe, claro — disse o Professor — que o túmulo dele fica na Piazza Byron. Fiz seu epitáfio bem ali em heroicos brancos.

— Você sabe, claro — disse o paleógrafo — que embaixo do Belisário...

— Minha cara — disse a Parabimbi para a Velhota — como está indo bem. Que festa feliz e como todos parecem em casa. Declaro — ela declarou — que invejo seu dom para fazer as pessoas se sentirem à vontade.

A Velhota refutou de leve qualquer habilidade dessa. Era a festa de Caleken na veerdade, fora Caleken quem preparara tudo na veerdade. Pessoalmente ela tivera muito pouco a ver com os preparativos. Ela apenas se sentara ali e parecera exausta. Era apenas uma velha norna cansada.

— Na minha opinião — retumbou o Professor, incorrendo em petição de princípio como sempre — o maior triunfo da mente humana foi o cálculo de Netuno a partir da observação das inconstâncias da órbita de Urano.

— E a sua — disse o U.P. Era uma maçã de ouro e um quadro de prata, se quiserem.

A Parabimbi ficou hirta.

— O que é isso? — gritou — o que é que ele está dizendo?

Um silêncio ainda mais terrível se abateu sobre a plateia. O saprófilo tinha dado um tapa no pintor e decorador comunista.

A Frica, amparada pelo Sr. Higgins, lançou-se sobre a perturbação.

— Vá embora — ela disse ao saprófilo — e que não haja cenas.

O Sr. Higgins, que se esbaldava na baderna pelo Rangers, acabou rapidamente com o incômodo. A Frica virou-se para o pobre P. e D.

— Não tenho nenhuma intenção — ela disse — de tolerar hooligans nesta casa.

— Ele me chamou de maldito bolchevique — protestou o glorioso Komsomolet — logo ele que também é um trabalhador.

— Que não aconteça mais — disse a Frica — que não aconteça mais.

Ela era muito optativa.

— Eu lhe peço.

Voltou celeremente ao altar.

— Você ouviu o que ela disse — disse o Gaélico.

— Que não aconteça mais — disse o falante nativo.

— Eu lhe peço — disse o U.P.

Mas agora era chegada aquela que tudo isso pode desdenhar, Alba, descendente destemida dos desejos. Entrando exatamente na virada do silêncio, avançando como uma midinette para prestar suas honras irônicas à Velhota, ela acendeu os espinhos debaixo de cada panela. Virando as costas escarlates à crassa crepitante da Parabimbi, ela subiu o estrado e ali, calma e silente diante das opções de comes e bebes, de perfil para a plateia, lançou suas redes gravitacionais.

A puta em ascensão estudou como se fazia. A irmã do parodista transmitiu para os que estavam curiosos o pouco que ela e suas queridas sobrinhas sabiam da Alba, que era muito falada em certos círculos virtuosos aos quais elas tinham acesso, embora ter certeza de quanto o que ouviram era verdade e quanto era mera fofoca vã, elas realmente não estavam em condições de avaliar. Entretanto, se vale alguma coisa, parece que...

O Gaélico, o falante nativo, um redator pago por lauda e o violista d'amore se juntaram como num passe de mágica.

— E aí — convidou o redator pago por lauda.

— Mui-to bom — disse o Gaélico.

— Ex-celente — disse o violista d'amore.

O falante nativo não disse nada.

— E aí — insistiu o redator pago por lauda — Larry?

Larry arrancou os olhos do estrado e disse, puxando as palmas lentamente para cima dos flancos da sua saia escocesa:

— Jeisus!

— Que quer dizer? — disse o redator pago por lauda.

Larry voltou seu olhar arrebatado para o estrado.

— Por acaso você não sabe — disse finalmente — ela sabe?

— Todas sabem — disse o violista d'amore.

— Como diabo sabem — gemeu o Gaélico, *ricordandosi del tempo felice*.

— O que eu quero saber — disse o Estudante — o que nós todos estamos loucos para saber...

— Algumas se abstêm — disse o redator pago por lauda — nosso amigo aqui tem razão, por timidez da lascívia. É uma pena, mas é isso aí.

Grandes inteligências pularão e Jemmy Higgins e o U.P. convergiram para o estrado.

— Você está pálida — disse a Frica — e doente, minha gatinha.

A Alba levantou sua cabeça grande da mesa, olhou longamente para a Frica, fechou os olhos e entoou:

Desgosto e Dor, Dor e Desgosto,
São minha sina, noite e dia...

Caleken retirou-se.

— Mantenha-os afastados — disse a Alba.

— Mantenha-os afastados! — ecoou a Caleken — Mantenha-os afastados?

— Vamos pelo mundo — observou a Alba — como raios de sol por brechas em pepinos.

Caleken não tinha tanta certeza sobre os raios de sol.

— Tome uma tacinha — insistiu — vai lhe fazer bem. Ou um Ching-Ching.

— Mantenha-os afastados — disse a Alba — afastados afastados afastados afastados.

Mas o U.P. e Higgins estavam no estrado, eles a cercaram.

— Que seja — disse a Alba — que transborde de todo jeito.

Ufa! A Frica estava indescritivelmente aliviada.

Nove e meia. Os convidados, liderados pela puta em ascensão e pelo chichisbéu em declínio, começaram a se espalhar pela casa. A Frica deixou que fossem. No tempo certo ela visitaria as alcovas, iria ajuntá-los para a festa propriamente dita começar. Chas não tinha prometido uma peça em francês antigo? O Poeta não tinha escrito um poema especialmente? Ela tinha espiado na sacola no corredor e visto a viola d'amore. Então teriam um pouco de música.

Nove e meia. Estava chovendo amargamente quando Belacqua, animado para tomar pé em sua situação, brotou no mundo ininteligível da Lincoln Place. Mas tinha comprado uma garrafa, parecia um peito no bolso do seu jaquetão. Deu partida sem firmeza ao lado do Hospital Odontológico. Quando criança, tinha pavor da fachada, as lâminas vermelho-sangue das vidraças. Agora eram pretas, o que era pior ainda, ele tendo deixado de lado uma infantilidade ou outra. Sentindo-se de repente branco e pegajoso encostou-se na portinhola de ferro incrustada no muro do College e olhou para os relógios de Johnston, Mooney e O'Brien. Alguma coisa para as dez pelo carrossel e ele sem coragem de ficar em pé, quanto mais de andar. E os canivetes de chuva. Levantou as mãos e segurou-as na frente do rosto, tão de perto que mesmo no escuro podia ver as linhas. Cheiravam mal. Carregou-as até a testa, os dedos afundaram no seu cabelo molhado, as bases espremeram torrentes de índigo das órbitas, o encaixe de sua nuca alcançou a cornija e espremeu o carbúnculo bebê que ele sempre usava logo acima do colarinho, ele intensificou a pressão e as pontadas, eram uma garantia de identidade.

A coisa seguinte foi suas mãos se arrastarem asperamente para baixo dos olhos, que ele abriu sobre a vasta cara encarnada de um ogro. Por um instante ficou parada, gárgula de pelúcia, depois se mexeu, ficou convulsa. Esta, ele pensou, é a cara de alguém falando. Era. Era aquela parte de um Guarda Civil derramando insultos sobre ele. Belacqua fechou os olhos, não tinha outro jeito de deixar de vê-la. Subjugando um enorme desejo de visitar a calçada ele borcou, com abundância contida, bem em cima das botas e barra das calças do Guarda, recebendo em retribuição a essa incontinência uma porrada no peito tal que caiu de coxa e quadril na periferia de seu próprio refúgio. Não teve nenhum sentimento de mágoa nem para com a sua pessoa nem para com o seu *amour propre*, apenas uma fraqueza muito amável e uma impaciência para colocar-se em movimento. Deve ter dado dez. Não mantinha nenhuma animosidade em relação ao Guarda, apesar de começar agora a ouvir o que ele estava dizendo. Ajoelhou-se diante dele na sujeira, ouviu todas as palavras odiosas que estava dizendo no passatempo de seu dever, e não sentiu contra ele a menor má vontade. Esticou-se para conseguir um apoio em sua capa luzente e alçou-se em seus pés. As desculpas que pediu quando se estabilizou pelo que tinha acontecido foram rejeitadas em profusão. Forneceu seu nome e endereço, de onde vinha e para onde ia, e por quê, sua ocupação e assuntos prementes, e por quê. Afligiu-se ao saber que por um fio o Guarda o teria empurrado, braços presos para trás, cabeça para o chão, até a Delegacia, mas admirou o dilema do policial.

— Limpe as botas — disse o Guarda.

Belacqua ficou felicíssimo, era o mínimo que podia fazer. Conseguindo duas tiras soltas do Twilight Herald curvou-se e limpou as botas e pontas das calças o melhor que pôde. Um par de botas enorme e magnífico emergiu. Ele se levantou, agarrando os trapos imundos e levantou o olhar timidamente para o Guarda, que parecia titubear um bocado quanto à melhor maneira de se aproveitar da sua vantagem.

— Espero, Sargento — disse Belacqua, num murmúrio afinado para derreter o coração mais duro — que o senhor possa consentir em desconsiderar meu malfeito.

A justiça e a clemência entraram sem dúvida em sua antiga controvérsia na consciência do Guarda, pois ele não disse nada. Belacqua estendeu a mão direita, ingênuo quanto a qualquer mercadoria diferente daquela "paz cordial" recomendada pelo imortal Shakespeare, não sem primeiro limpá-la na manga. Para esse membro o Dogberry, depois de uma breve conversa com o seu incorruptível coração, foi bastante gentil ao conferir a função de escarradeira. Belacqua reprimiu um dar de ombros e foi-se afastando de um jeito hesitante.

— Espere aí — disse o Guarda.

Belacqua parou, mas de modo muito irritante, como se tivesse acabado de se lembrar de alguma coisa. O Guarda, que tinha mais de leão que de raposa, fez ele ficar parado até que dentro de seu capacete a trepidação de sua cabeça Leix e Offaly fosse além do que conseguia suportar. Então ele decidiu concluir a gestão desse pequeno caso de ordem pública.

— Circulando — ele disse.

Belacqua saiu andando, apertando bem as tiras, que interpretou corretamente como lixo. Já a salvo, ao dobrar a esquina da Kildare Street, ele as soltou. Então, depois de alguns passos em frente, parou, virou-se, correu para onde estavam se mexendo na calçada e as jogou num bueiro. Agora se sentia extraordinariamente leve e fluido e *haeres caeli*. Seguiu rapidamente através da chuvinha miúda o caminho que tinha escolhido, exaltado, fabricando intrincadas guirlandas de palavras. Ocorreu-lhe, e sentiu grande prazer ao elaborar essa pequena figura, que o locus de sua queda da vaga graça da bebida cruzara com o da sua ascensão para ela no seu ponto mais agradável. Isso era sem sombra de dúvida o que tinha acontecido. Às vezes a linha da bebida arqueava-se como o arco de um oito e se você tivesse conseguido o que estava procurando na subida você conseguia de novo na descida. O oito sem bunda da figura-bebida. Você não acabava onde tinha começado, mas descendo encontrava você mesmo subindo. Às vezes, como agora, você se sentia contente; mais vezes você se sentia arrependido e se apressava para seu novo lar.

De repente andar na chuva não era suficiente, sair elegante, abotoado até o queixo, no frio e na chuva, era algo inadequado a se fazer. Parou no cocuruto da ponte da Baggot Street, tirou o jaquetão, colocou-o no parapeito e sentou-se ao lado dele. O Guarda estava esquecido. Inclinando-se para a frente então onde se sentou e flexionando a perna até o joelho ficar contra a orelha e o calcanhar preso no parapeito (postura admirável) tirou a bota e a colocou ao lado do jaquetão. Então abaixou aquela perna e fez o mesmo com a outra. A seguir, decidido a tirar o máximo proveito do noroeste cortante que estava soprando, virou-se todo. Seus pés balançaram sobre o canal e ele viu, sacudindo-se através da corcunda remota da ponte de Leeson Street, bondes como soluços-fátuos. Luzes longínquas numa noite suja, como ele as amava, o protestante sujo da igreja baixa! Sentiu-se muito friorento. Tirou o paletó e o cinto e os colocou com as outras roupas no parapeito. Desabotoou o cós de sua velha calça imunda e adulou para fora a camisa alemã. Fez uma trouxa com a fralda da camisa debaixo da orla do pulôver e enrolou para cima no sentido horário até ficarem presos num aro ao redor do tórax. A chuva batia no seu peito e barriga e escorria. Era ainda mais agradável do que tinha antecipado, mas muito frio. Foi então, batendo vagamente no peito assim nu para a tempestade cruel com palmas de mármore, que ele se despediu de si mesmo e sentiu-se desgraçado e arrependido pelo que tinha feito. Tinha errado, compreendia isso, e estava sinceramente arrependido. Continuou sentado martelando tristemente os calcanhares com meias contra a pedra, se perguntando de onde na face da terra o conforto poderia brotar, quando de repente a lembrança da garrafa que tinha comprado furou sua condição sombria como um farol. Estava ali à mão no bolso, um seio de Bisquit no bolso de seu jaquetão. Enxugou-se o melhor que pôde com sua pochete de cambraia e ajustou as roupas. Quando estava tudo de volta a seu lugar, o jaquetão abotoado como antes, as botas com os cadarços e nem um buraco sobrando, então, e nem um instante antes, ele se permitiu beber da garrafa de um gole só. O efeito disso foi mandar o que se chama uma onda de calor o que se chama correndo em suas veias. Foi chapinhando rua abaixo num trote, decidido a conseguir, na medida em que tivesse forças para fazê-lo, uma corrida sem paradas até a Casa Frica. Trotando com os cotovelos bem levantados rezava para que sua aparência não provocasse comentários demais.

Sua mente, nos altos e baixos da última hora, não tivera tempo para se demorar nos sofrimentos reservados para ela. Mesmo o vestido escarlate da Alba — pois a garantia habilitada da Venerilla, de que abotoava até em cima *com a ajuda de Deus*, não tinha sido capaz de purgá-lo totalmente de desconfianças — cessara de ser um fardo. Mas agora, quando a Frica saiu com passinhos ligeiros do salão malva para interceptá-lo no vestíbulo e com sua presença chocá-lo a ponto de coisa pior do que a sobriedade, a gravidade plena de sua posição ficou clara para ele com a força de uma calamidade abstrata.

— Aí está você — ela gemeu — afinal de contas.

— Aqui — ele disse grosseiro — eu flutuo.

Ela recuou de olhos arregalados e com uma mão pregada nos dentes. Seria possível que ele estivesse cortejando a morte úmida e a danação ou algo assim? A água escorria dele enquanto continuava em pé pasmo diante dela e se juntava numa pocinha aos pés dele. Como as narinas dela eram dilatadas!

— Você tem que tirar essas coisas molhadas — disse a Frica, ela tem que se apressar agora e pôr a lente na fechadura — agorinha mesmo. Mas o queridinho está ensopado até... a pele!

Não havia nenhuma bobagem na Frica. Quando queria dizer pele, dizia pele.

— Cada ponto — exultou — tem que ser tirado de uma vez, neste instante mesmo.

Do arrebatado teso do rosto visto como um todo, e em particular o detalhe horripilante do lábio superior contorcendo-se para cima e para fora numa espécie de esgar de pato ou naja para o focinho tremente, ele obteve a impressão de que algo a tinha inflamado. E líquido e certo uma condição de máximo ímpeto e ânimo se seguira imediatamente à sua burrefusão asinina. Pois havia aqui de fato um bocadinho inesperado de excitação! Num instante ela desataria numa cabriola. Belacqua achou que poderia muito bem aproveitar essa disposição a tempo.

— Não — ele disse com compostura — se eu tivesse uma toalha...

— Uma toalha! — O escárnio foi tão escandaloso que ela foi obrigada a assoar o nariz antes tarde do que nunca.

— Tiraria o grosso do molhado — ele disse.

O grosso do molhado! Mas que demasiado e completo absurdo falar de grosso do molhado quando era claro e visível que ele estava ensopado de cabo a rabo.

— Até a pele! — ela exclamou.

— Não — ele disse — se pelo menos eu tivesse uma toalha...

Caleken, apesar de profundamente desgostosa como bem se pode imaginar, conhecia seu homem bastante bem para compreender que a determinação dele em não aceitar nenhum conforto final a mais de suas mãos que o empréstimo de uma toalha era inalterável. Também no salão a ausência dela estava começando a se fazer ouvir, os ratos estavam começando a se divertir. Então lá foi ela com passinhos ligeiros e cara azeda — ganso, pensou Belacqua, voando descalço de McCabe — e estava de volta num piscar com uma toalha peluda de tamanho grande e uma toalha de mão.

— Você vai se matar — ela disse, com a aspereza adenoide que ele conhecia tão bem, e o deixou. Ao se reunir com seus convidados sentiu que tudo isso tinha acontecido com ela antes, de ouvir dizer ou num sonho.

Chas, conversando em voz baixa com a Xale, estava esperando com alguma trepidação ser chamado para a sua contribuição. Esta foi a famosa ocasião em que Chas, como se tivesse perdido o juízo ou começado a ser irritado pela sua *toga virilis* novinha em folha, concluiu uma declamação irretocável com o quarteto:

Toutes êtes, serez ou fûtes,
De fait ou de volonté, putes,
Et qui bien vous chercheroit
Toutes putes vous trouveroit.[56]

A Alba, que a fim de resgatar Belacqua fomos obrigados a abandonar justo quando com característica impetuosidade ela engolia a pílula, abriu sua campanha mandando o Sr. Higgins e o U.P. voando, não há outra palavra para isso, cuidar da própria vida. Depois do que, não se dignando a ter nenhuma participação no sinistro bafafá me-dá-cá-um-beijinho que tinha se espalhado que nem fogo no mato pelo edifício, até grassar do sótão ao porão, sob a égide da puta em ascensão e do chichisbéu eventual, ela continuou no seu próprio estilo calmo inimitável a cativar todos aqueles que tinham refreado seus instintos de se juntar à pegação vil expressamente a fim de ver o que poderiam entender dessa pálida pessoinha tão senhora de si e civilizada no melhor sentido na roupa escarlate. De modo que, do ponto de vista de seu Criador e na ausência de Belacqua, ela era uma força e tanto para o bem naquela noite na Casa Frica.

Não lhe ocorrera, gostando como gostava daquele herói desleixado à moda bem furtiva e sinuosa dela, sentir falta dele ou mesmo pensar nele a menos que possivelmente como um espectador bem aguçado cujos olhos por trás dos óculos sobre ela e o paquímetro avaliador ficando loucos poderiam ter apimentado levemente sua diversão. Entre os muitos que a implacável Frica acossara para fora dos prazeres dos sentidos ela tinha assinalado para o seu próprio um dos judeus sérios, o de conjunti-

---

[56] Citação do *Roman de la rose*, poema medieval em francês antigo. A primeira parte foi escrita por Guillaume de Lorris (4.058 versos) por volta de 1230, e a segunda por Jean de Meung (17.724 versos) por volta de 1275. (N.T.)

vas bile-tingidas, e o príncipe mercante. Ela se dirigiu ao judeu, porém frouxa demais, como a um prato insípido, e foi repelida. Mal tinha se recarregado e praticado seus charmes com mais jeito sobre esse descrente interessante, de quem se propôs, sua mente cheia de mãos se esfregando, fazer um exemplo dos mais salutares, quando a Frica, ainda padecendo da sua frustração, anunciou num tom de voz venenoso que Monsieur Jean du Chas, bem conhecido demais da Dublin que importava como o mais talentoso sem igual para exigir qualquer apresentação, gentilmente consentira em dar o pontapé inicial. Não obstante a satisfação que adviria para a Alba se Chas sucumbisse sem mais delongas, ela não fez nenhuma tentativa de refrear seu contentamento, no qual é claro foi fragorosamente secundada pelo U.P., quando ele proferiu o iníquo apotegma citado acima, e menos ainda quando observou o quanto amarga-docemente o paleógrafo e a Parabimbi, que tinham sido surpreendidos pela Frica em leves safadezas juntos, se dissociavam do aplauso que saudava a descida dele do estrado.

Essa, grosseiramente falando, era a situação quando Belacqua se emoldurou na soleira.

Inspecionando-o enquanto ele estava parado encharcado sob o lintel, apertando seus óculos enormes (uma medida de precaução que ele nunca negligenciava quando havia o menor perigo dele *parecer* envergonhado, parecer em itálico porque ele estava sempre envergonhado), seriamente incomodado em sua mente por um pontinho nítido que surgira do nada no vestíbulo, esperando sem dúvida algum amigo gentil para conduzi-lo a uma cadeira, a Alba pensou que nunca tinha visto ninguém, homem ou mulher, aparentar um tão acabado soberano patola. Procurando ser Deus, ela pensou, na arrogância servil de um mal irrisório.

— Que nem algo — ela disse para seu vizinho, o U.P. — que um cachorro poderia trazer.

O U.P. engoliu a corda, cobriu o lance.

— Que nem algo — ele disse — que, pensando bem, ele não traria.

Ele gargalhou e fungou sobre esse dito bebum como se fosse mesmo seu.

Num movimento indomado de misericórdia a Alba foi se levantando da cadeira.

— Niño — chamou, sem vergonha ou cerimônia.

O chamado distante chegou a Belacqua como meio litro de Perrier para beber na masmorra. Cambaleou em sua direção.

— Vá mais pra cima do canteiro — ela ordenou ao U.P. — e abra espaço.

Todo mundo na fileira teve que ir um lugar mais para cima. Como o coro do totem, pensou a Alba com complacência, em *Rose Marie*. Belacqua arriou-se no assento da ponta assim liberado como um saco de batatas. Observem, agora eles estão afinal justapostos. Sua dificuldade seguinte era como fazê-la ficar do seu outro lado, pois não podia aguentar de jeito nenhum ficar à direita de alguém, sem se encontrar preso contra o U.P. no final. Embora dificilmente fosse necessário um estatístico especializado para compreender que a ordem desejada só poderia ser estabelecida se ele trocasse de lugar com o U.P., deixando a Alba onde estava, ainda assim ele desperdiçou muito tempo valioso, num acesso de notas de exclamação, sem se dar conta de que das seis maneiras nas quais poderiam se arrumar apenas uma satisfazia as suas condições. Sentou-se sem olhar, a cabeça abaixada, pinçando vagamente suas velhas calças imundas. Quando ela pôs a mão na sua manga ele se levantou e a olhou. Para desgosto dela estava vertendo lágrimas.

— Nisso de novo — ela disse.

A Parabimbi não conseguiu mais aguentar. Agarrando e arranhando e esticando seu pescoço por cima do paleógrafo sufocante perguntou de maneira geral:

— O que é aquilo? Quem é aquilo? É *promessi*?

— Fiquei espantado — disse uma voz — espantado de verdade, por descobrir Sheffield mais cheia de morros que Roma.

Belacqua fez um esforço descomunal para retribuir o cumprimento cordial do U.P., mas não conseguiu. Almejava desabar no chão e repousar a cabeça na coxa levemente garança da sua primeira e única.

— A bicúspide — partindo do Ovoidologista — ficção monoteísta arrancada pelos sofistas, Cristo e Platão, da matriz violentada da razão pura.

Quem há de calá-los, afinal? Quem há de circuncisar os lábios deles de falar, afinal?

A Frica insistiu que ela pisasse no estrado.

— Maestro Gormely — ela disse — vai tocar agora.

Maestro Gormely executou o Capriccio de Scarlatti, sem a menor ajuda ou acompanhamento, na viola d'amore. Isso não obteve nenhum sucesso que valha a pena mencionar.

— Platão! — zombou o U.P. — Ouvi a palavra Platão? Aquele pequeno Boehme sujo da Borstal!

Aquilo foi um golpe de misericórdia para alguém por assim dizer.

— O Sr. Larry O'Murcahaodha — a Frica pronunciou como se ele fosse um parente de Hiawatha — vai cantar agora.

O Sr. Larry O'Murcahaodha rasgou uma quantidade maior do que parecia justo do seu material de discurso nativo em categóricos farrapos.

— Não vou aguentar — disse Belacqua — não vou aguentar.

A Frica jogou o Poeta na brecha. Informou a plateia que ela era privilegiada.

— Acho que estou sendo precisa ao dizer — ela apresentou os dentes para a mentira — uma de suas mais recentes composições.

— Vinagre — gemeu Belacqua — sobre salitre.

— Nem tente — disse a Alba com entusiasmo forçado que começava a temer por seu desgraçado adorador — bancar a Sra. Gummidge antes do casamento pra cima de mim.

Ele não tinha nenhum desejo, oh nenhunzinho, de bancar a Sra. Gummidge em qualquer estágio da experiência dela ou qualquer coisa pra cima dela nem de mais ninguém. Sua aflição era profunda e sincera.

Ele tinha abandonado toda a esperança de fazê-la ficar onde ele a queria, não podia nem ficar do seu lado esquerdo nem a seus pés. Sua única preocupação restante, antes da alma levantar âncora, era conseguir algum amigo bondoso para acertar um lobo que ele não conseguia mais segurar pelas orelhas por muito tempo. Inclinou-se de través para o Urso Polar.

— Gostaria de saber — ele disse — se você por acaso poderia...

— Calado! — gritou o bibliômano, da fileira de trás.

O U.P. ficou um pouco amarelo, o melhor que pôde.

— Deixe o homem dizer seus versos — sibilou — ora essa!

Belacqua disse numa voz alta desesperada, caindo de volta em seu lugar, uma palavra estrangeira que ele entenderia.

— O que é? — cochichou a Alba.

Belacqua estava verde, ele fez o Rei de Brobdingnag num rápido jogo de palavras mudo.

— Dane-se — disse a Alba — o que é?

— Deixe o homem dizer seus versos — ele murmurou — por que você não deixa o homem dizer seus versos?

Uma explosão de aplausos sem precedentes nos anais do salão malva sugeriu que ele fizera isso afinal.

— Então — disse a Alba.

Belacqua serviu-se de uma inspiração profunda da atmosfera malcheirosa e depois, com a precipitação de alguém exibindo um trava-língua, matraqueou o quodlibet emprestado deste jeito:

— Quando com indiferença relembro minha tristeza passada, minha mente tem indiferença, minha memória tristeza. A mente, sobre a indiferença que há nela, é indiferente; todavia a memória, sobre a tristeza que há nela, não é triste.

— De novo — ela disse — mais devagar.

Estava indo bem na repetição quando a Alba teve uma ideia súbita e o deteve.

— Me leve pra casa — ela disse.

— Você entendeu — disse Belacqua — porque eu não.

Ela cobriu a mão dele com a dela.

— O que eu quero saber — disse o Estudante.

— Por favor? — ela disse.

— Vejo — disse o Homem da Lei com simpatia para Chas — no jornal que marinheiros estão pintando a Torre Eiffel com nada menos que quarenta toneladas de amarelo.

A Frica, voltando de ter acompanhado para fora do recinto algum renegado com uma história fajuta de trem para pegar, fez menção de retomar o estrado. Seu rosto estava banhado de indignação.

— Depressa — disse Belacqua — antes que comece.

A Frica precipitou-se atrás deles, borbotões de spleen jorravam dela. Belacqua segurou a porta da rua aberta para a Alba, que parecia meio inclinada a bancar a educada, precedê-lo.

— A dama primeiro — ele disse.

Ele insistiu para que pegassem um táxi até a casa dela. Não acharam nada para dizer no caminho. *Je t'adore à l'égal...*

— Você pode pagar este homem — ele disse quando chegaram — porque gastei meu último numa bebida?

Ela tirou dinheiro da bolsa e deu a ele para pagar o homem. Ficaram de pé no asfalto em frente ao portão, cara a cara. A chuva havia quase cessado.

— Bem — ele disse, se perguntando se poderia arriscar um rápido beija-mão antes de ir. Deu início ao gesto mas ela se afastou e destravou o portão.

Tire la chevillette, la bobinette cherra.

Perdoem essas expressões francesas, mas a criatura sonha em francês.

— Entre — ela disse — tem lareira e bebida.

Ele entrou. Ela iria se sentar numa cadeira e ele iria se sentar no chão afinal e a coxa dela contra o carbúnculo bebê dele seria melhor que um fomento. Quanto ao resto, a bebida, algumas lágrimas naturais e em que cabelos ele tinha deixado os dedos de alta-frequência dela.

Nisscht möööööööglich...

Agora começou a chover de novo sobre a terra embaixo e atrapalhou enormemente o tráfego de Natal de todo o tipo ao continuar assim sem remissão por coisa de trinta e seis horas. Uma criatura divina, nativa de Leipzig, para quem Belacqua, mais ou menos pela Epifania seguinte, tivera oportunidade de citar a precipitação de dezembro como tramada no Jardim dos Acadêmicos da Universidade de Dublin, ejaculou:

— Himmisacrakrüzidirkenjesusmariaundjosefundblütigeskreuz!

Desse jeito, tudo numa só palavra. As coisas com que as pessoas se saem às vezes!

Mas o vento amainara, como faz com frequência em Dublin quando todos os homens e mulheres de respeito que ele adora aborrecer foram para a cama, e a chuva caía de maneira uniforme imperturbada. Caía na baía, no litoral, nas montanhas e nas planícies, e especialmente no Pântano Central caía com uma uniformidade um tanto desolada.

De modo que quando Belacqua aquela criatura desconfortável saiu da Casa Alba nas primeiras horas da manhã era um caso de escuridão visível e sem erro. As luzes da rua estavam todas apagadas, assim como a lua e as estrelas. Ele parou lá bem no meio das linhas de bonde, inspecionou cada polegada disponível do firmamento e convenceu sua mente de que estava bem preto. Riscou um fósforo e olhou o relógio. Tinha parado. Paciência, um relógio público faria o favor.

Seus pés doíam tanto que ele tirou suas botas perfeitamente boas e as jogou fora, com os melhores votos para algum madrugador de um Feliz Natal. Depois deu início a seu chapinhar por todo o caminho de casa, os dedos dos pés regozijando-se em liberdade. Mas esse pequeno ganho em matéria de conforto foi muito rapidamente mais que revogado por uma dor na barriga tal como nunca tinha conhecido. Isso o dobrou em dois cada vez mais até finalmente ele ficar se arrastando com o pobre tronco paralelo ao horizonte. Quando chegou à ponte por sobre o canal, não em Baggot Street, não em Leeson Street, mas noutra mais perto do mar, desistiu e se pôs em posição de joelho-e-cotovelo na calçada. Gradativamente a dor melhorou.

O que era aquilo? Sacudiu os óculos e inclinou a cabeça para ver. Aquilo eram suas mãos. Ora quem teria imaginado aquilo! Começou a experimentar se funcionavam, cerrando-as e descerrando, mantendo-as em movimento para maravilha de seus olhos fracos. Finalmente abriu-as em uníssono, dedo por dedo juntos, até ali estarem, totalmente abertas, face para cima, rançosas, a uma polegada de seu olhar zarolho, que entretanto lentamente se corrigiu quando ele começou a perder o interesse nelas como espetáculo. Mal ele tinha se resolvido a empregá-las em seu rosto quando uma voz, ligeiramente mais com tristeza que com raiva dessa vez, lhe ordenou que circulasse, o que, a dor estando tão melhor, ele ficou muito feliz em fazer.

O amor e o Lete

Os Durão, consistindo de Sr. e Sra. e da sua primeira e única Ruby, moravam numa pequena casa em Irishtown. Quando o almoço, que faziam no meio do dia, terminava, o Sr. Durão ia para o seu quarto e se deitava e a Sra. Durão e Ruby para a cozinha para uma xícara de café e um papo. A mãe era de baixa estatura, pálida e gordinha, admiravelmente conservada embora bem entrada na mudança. Despejou a quantidade certa de água na panela e a colocou para ferver.

— A que horas ele vem? — ela disse.
— Ele disse por volta da três — disse Ruby.
— De carro? — disse a Sra. Durão.
— Ele esperava que de carro — respondeu Ruby.

A Sra. Durão esperava com muita devoção que sim, pois tinha a impressão de que poderia ser convidada a juntar-se ao grupo. Embora preferisse morrer a se meter no caminho da filha, mesmo assim não via por que, se ela ficasse na dela no banco de trás, haveria qualquer objeção a que participasse da diversão. Sacudiu os grãos no pequeno moedor e os triturou violentamente até virarem pó. Ruby, que era neurastênica além de tudo mais, tapou os ouvidos. A Sra. Durão, sentando-se na mesa de pinho enquanto a água fervia, olhou pela janela para o tempo perfeito.

— Aonde vocês vão? — ela disse. Tinha a curiosidade natural de uma mãe no que dizia respeito a sua filha.

— Não me pergunte — respondeu Ruby, que tendia a se ressentir com todas essas perguntas.

Ele a quem se referiam, que tinha esperanças de aparecer às três de carro, era ninguém menos que o condenado Belacqua.

A água fervendo, a Sra. Durão se levantou e acrescentou o café, diminuiu a chama, mexeu meticulosamente e deixou em fogo brando. Embora pareça uma maneira estranha de preparar café, era justificada pela ocasião.

— Deixe-me servir um chá para você — implorou a Sra. Durão. Não aguentava ficar ociosa.

— Ah, não — disse Ruby — não obrigada mesmo.

Bateu a meia-hora no hall. Eram duas e meia, aquela hora zero, em Irishtown.

— Duas e meia! — exclamou a Sra. Durão, que não tinha ideia que fosse tão tarde.

Ruby ficou contente que não fosse mais cedo. O aroma do café impregnou a cozinha. Teria justo o tempo oportuno para devanear com seu café. Mas sabia que isso estava totalmente fora de questão com sua mãe querendo conversar, irrompendo com perguntas e sugestões. Então quando o café foi servido e sua mãe se acomodou para o papo agradável que o acompanhava ela disse inesperadamente:

— Acho, mãe, se você não se importa, que vou levar o meu pro banheiro comigo, não estou me sentindo muito bem.

A Sra. Durão estava acostumada aos caprichos de Ruby e os encarava filosoficamente em geral. Mas esta última invenção era realmente um pouco inesperada demais. Café no banheiro! O que o pai diria quando ouvisse? Entretanto.

— E o rosiner — disse a Sra. Durão — você também vai tomar no banheiro?

Leitor, um rosiner é um trago dos fortes.

Ruby se levantou e tomou um gole de café para ganhar espaço.

— Vou tomar uma glória — ela disse.

Leitor, uma glória é café com um fio de conhaque.

A Sra. Durão despejou na xícara estendida uma porção de conhaque menor do que normalmente teria concedido, e Ruby deixou o recinto.

Sabemos alguma coisa de Belacqua, mas Ruby Durão é uma estranha a estas páginas. Ansiosos para que aqueles que leiam esta aventura incrível não façam pouco dela como incompreensível aproveitaremos agora esta calmaria, tempo em que Belacqua está a caminho, a Sra. Durão cisma na cozinha e Ruby devaneia com sua glória, para nos estendermos um pouco sobre esta última dama.

Por um longo tempo, devido à beleza de sua pessoa e talvez também, embora num grau menor, à distinção de sua mente, Ruby fora motivo de muito vinho vertido; mas agora, no trigésimo terceiro ou quarto ano de idade, não era mais assim. Àqueles que têm um mínimo de curiosidade para saber qual era sua aparência no tempo em que escolhemos para selecioná-la nos aventuramos a remeterem-se à Madalena[57] na Pietà de Perugino na National Gallery de Dublin, tendo sempre em mente que o cabelo de nossa heroína é preto e não ruivo. Para além dessa dica não precisamos permitir que seu exterior nos detenha, notando que Belacqua quase nunca esteve consciente disso.

---

[57] Essa figura, devido à vitrine brilhante atrás da qual a tela se encolhe, só pode ser apreendida por partes. Paciência, entretanto, e uma memória tenaz têm sido capazes de obter um balanço completo próximo da intenção do pintor. (N.A.)

Os fatos da vida tinham reduzido seu temperamento, naturalmente romântico e idealista no mais alto grau, a um desespero quase atômico. Sua experiência sentimental fora de fato infeliz. Exigindo do amor, enquanto mulher mais jovem e apetitosa, que ele a unisse ou prendesse tão firme e tão finalmente como o sol de uma binária em relação a seu parceiro, tinha acabado por evitá-lo cada vez mais ao descobrir, com crescente desilusão e desgosto, que seu efeito a cada manifestação sucessiva, pois ela fora extremamente solicitada, era de uma ordem bastante diversa. O resultado dessa frustração erótica foi, primeiramente, fazê-la renunciar inteiramente à experiência; secundariamente, indicar à sua comichão por sizígia medidas mais idealistas, entre as quais ela achava que a música e o malte eram as mais eficazes; e finalmente, mandá-la miando para a alcova por quaisquer prazeres gastos que ela pudesse oferecer. Esses, no entanto, *embarras de richesse* enquanto ela permanecesse uma donzela presunçosa, davam naturalmente menos trabalho ao aliciar alguém cujo senso de proporção fora adquirido em grande detrimento de seus encantos. As uvas do amor, deixadas de lado como abjetas nos dias de sangue quente, ficaram azedas assim que ela descobriu um gosto por elas. Como antes tinha se recolhido em si mesma porque não queria, agora se recolhia porque não podia, exceto que na sua retirada a esperança que costumava consolá-la estava morta. Via sua vida como uma série de chistes de escadaria.

Belacqua, pagando piedosa vassalagem à barra do vestido dela e destripando com grande complacência seus enlevos com um afastamento seguro, representava exatamente o inefável amante de longa distância a quem, como um meteorito saudoso pleno DISSO, ela tinha sacrificado seus inúmeros galantes. E agora, o metal das estrelas esmagado na terra, o ISSO tendo secado e os galantes partido, ele aparecia, como o agente de uma

Fortuna irônica, para colocá-la a par do que tinha perdido e esporear sua tristeza pelo que estava perdendo. Contudo ela o tolerava na esperança de que mais cedo ou mais tarde, num acesso de embriaguez ou de incontinência corriqueira, ele se esquecesse tanto de si que a tomasse em seus braços.

Junte-se a tudo isso o fato de que ela estava sofrendo há muito tempo de uma doença incurável e tivera certeza positiva através de nada menos que quinze médicos, dez dos quais ateus, atuando independentemente, de que não deveria ter esperanças que sua vida se prolongasse muito mais, e temos confiança de que mesmo o leitor mais capcioso deverá reconhecer, não apenas a extrema desgraça da situação de Ruby, mas também a verossimilhança do que esperamos relatar num futuro não muito distante. Pois assumimos que a irresponsabilidade de Belacqua, sua faculdade de agir com motivações insuficientes, foi mostrada até aqui em desventuras prévias de modo a não ser mais objeto de surpresa. A respeito dessa aparente gratuidade de conduta, ele talvez possa ser com algum matiz de justiça comparado às leis da natureza. Uma instituição mental era o lugar para ele.

Ele cultivava Ruby, com quem em momento nenhum se importou muito, e a namorava cuidadoso nos termos que pensava ser mais bem calculados para dispô-la ao papel que ela desempenharia em benefício dele, a essência do qual, como ele revelou quando a considerou madura, dispunha que ela fosse conivente com seu felo de se, que ele lamentava muito não poder cometer com seus próprios fundos. Como ele tomara essa decisão de destruir a si mesmo, somos bastante incapazes de descobrir. O caminho mais simples, quando os motivos de qualquer feito se encontram subliminares a ponto de desafiar a expressão, é chamar aquele feito de *ex nihilo* e acabar com isso. O que pedimos licença para fazer no exemplo atual.

A mulher normal de juízo pergunta "o quê?" de preferência a "por quê?" (isso é muito profundo), mas a coitada da Ruby sempre fora deficiente nessa qualidade refinada, de modo que tão logo Belacqua abriu seu projeto ela pleiteou seus motivos. Agora apesar de não ter nenhum, como vimos, que pudesse oferecer, entretanto se armara tão bem nesse ponto, advertido pelo estudo que fizera de sua mente de marionete, que foi capaz de bombardeá-la ali na hora com o melhor que a pesquisa diligente poderia prover: motivos gregos e romanos, motivos Sturm e Drang, motivos metafísicos, estéticos, eróticos, antieróticos e químicos, motivos de Empédocles de Agrigento e de João da Cruz, em suma todos menos os verdadeiros motivos, que não existiam, pelo menos não para os propósitos de uma conversa. Ruby, achatada por essa torrente de incentivo, foi obrigada a admitir que esse não era, como ela se inclinara a supor, um principiante cedendo à estocada de um ressentimento momentâneo, mas um facínora adulto de propósito fixo e até mesmo nobre, e dessa concessão passou a um estado de quase júbilo. Em todo caso ela estava acabada, e aqui estava uma chance de terminar com um relativamente bonito bum. Assim a coisa foi preparada, as medidas necessárias tomadas, a data acertada para a primavera do ano e um lugar próximo selecionado, Veneza em outubro tendo sido rejeitada como infelizmente impraticável. Agora o dia fatal tinha chegado e Ruby, na postura do Filósofo Square atrás do arrás de Molly Seagrim, ficava sentada se exasperando, enquanto Belacqua, num conversível esportivo metido a besta alugado a preço de ouro por hora, pisava fundo para Irishtown.

Tão ferozmente mesmo fazia isso, embora tão longe de estar segurado contra riscos de terceiros não sendo sequer detentor de uma carteira de motorista, que ele conquistava uma esteira de impropérios ao acelerar em meio ao tráfego. Os pedestres de classes mais altas e os ciclistas se viravam e o encaravam.

— Esses Juggernauts aerodinâmicos — diziam, balançando a cabeça — são uma verdadeira ameaça.

Guardas civis em vários pontos da cidade e dos subúrbios anotaram a placa. Na Pearse Street ele golpeou a roda de uma carruagem de praça com tanta perícia como Pedro a orelha de Malco depois da agonia, mas não parou. Mais adiante, em alguma rua pobre qualquer, as criancinhas brincando de amarelinha e bola e outros jogos foram dispersadas que nem palha. Mas antes da terrível e arqueada ponte Victoria, da sua implacável bifurcação, num pânico repentino por sua própria temeridade ele parou o carro, desceu e o empurrou para o outro lado com a ajuda de um transeunte. Então continuou dirigindo calmamente através da tarde e chegou em tempo hábil sem mais contratempos à casa de sua cúmplice.

A Sra. Durão escancarou a porta. Foi para cima de Belacqua, com sua grande goela pálida por demais ultrajada com deboches imaginários.

— Ruby — cantou, numa terça, como um cuco — Ru-bee! Ru-bee!

Mas iria algum dia mudar de tom, eis a questão.

Ruby desceu a escada se balançando, com as marcas dos dentes no lábio inferior onde não conseguiria mais convencer nenhuma abelha a morder.

— Ponha o chapéu e o xale — disse Belacqua ríspido — e vamos andando.

A Sra. Durão se recolheu horrorizada. Era a primeira vez que ouvia um tom desses usado com a sua Ruby. Mas Ruby vestiu um casaco como um cordeirinho e nem pareceu se importar. Ficou claríssimo para a Sra. Durão que ela não seria convidada.

— Posso lhes oferecer algum refresco — ela disse numa voz gelada para Belacqua — antes de irem?

Não aguentava ficar ociosa.

Ruby pensou que nunca tinha ouvido algo tão absurdo assim. Refresco *antes* deles irem! Era se e quando voltassem que estariam necessitados de refresco.

— Francamente mamãe — ela disse — não dá pra ver que precisamos ir?

Belacqua se intrometeu com um almoço pesado no Bailey. A verdade não estava com ele.

— Ir pra onde? — disse a Sra. Durão.

— Ir — gritou Ruby — só ir.

Que humor estranho este dela por certo, pensou a Sra. Durão. Entretanto. Pelo menos não podiam impedi-la de ir até o portão.

— Onde você arrumou o carro? — ela disse.

Se vocês tivessem visto o carro iriam concordar que essa era a pergunta mais natural.

Belacqua mencionou uma empresa de engenheiros automotivos.

— Oh de fato — disse a Sra. Durão.

O Sr. Durão arrastou-se para a janela e espiou por trás da cortina. Tinha trabalhado até os ossos pela família e só podia comprar uma bicicleta comum. Um ar amargo passou furtivamente pela sua cianose.

Belacqua engatou uma marcha afinal, não tinha muita ideia de qual, depois de muita queimação de embreagem, e dispararam em estilo Hollywood. A Sra. Durão poderia estar acenando para Lot a julgar pela retribuição que recebeu. O escapamento era uma forma de porta-voz deles? A chacota de despedida de Ruby, "Espere por nós quando nos avistar", ecoava em seus ouvidos. Na escada encontrou o Sr. Durão descendo. Passaram um pelo outro.

— Tem alguma coisa nesse jovem — falou para baixo a Sra. Durão — que não consigo apreciar.

— Besta — falou para cima o Sr. Durão.

Aumentaram a distância entre eles.

— Ruby está muito estranha — gritou para baixo a Sra. Durão.

— Bisca — gritou para cima o Sr. Durão.

Embora só conseguisse comprar uma bicicleta comum, ainda assim era um homem de poucas palavras. Há coisas melhores, pensou, indo para a garrafa, há coisas melhores neste mundo fedorento que Blue Birds.

O besta e a bisca foram indo e indo e havia um silêncio mortal entre eles. Nem uma sílaba trocaram até o carro estar guardado em segurança no sopé de uma montanha alta. Mas quando Ruby viu Belacqua abrir a parte traseira e produzir uma sacola ela pensou que convinha quebrar um silêncio que estava se tornando um pouco constrangedor.

— O que você trouxe — ela disse — na sacola da maternidade?

— Sócrates — respondeu Belacqua — o filho da mãe dele, e as cicutas.

— Não — ela disse — brincadeiras à parte, o quê?

Belacqua deixou subir um dedo para cada item.

— O revólver e as balas, o veronal, a garrafa e os copos *e* o bilhete.

Ruby não conseguiu reprimir um arrepio.

— Pelo amor de Deus — ela disse — que bilhete?

— O de que fugimos — respondeu Belacqua, e nem uma outra palavra quis dizer embora ela lhe implorasse para contar.

O bilhete foi ideia dele e ele estava orgulhoso. Quando chegasse a hora, ela teria de assiná-lo, gostasse ou não. Iria guardá-lo como uma pequena surpresa para ela.

Subiram a montanha em silêncio. Bandos de narcejas e o tanto que houvesse de galinhas silvestres esguicharam do urzal por todos os lados, enquanto o número de lebres, cismarentas nas suas formas, que eles assustaram e mandaram aos pulos para longe, era um crédito para o couteiro. Lançaram-se para a frente e para cima através do queiró vasto e do mirtilo. Ruby estava suando. Uma cerca alta de arame trançado, atirada como um cobreiro ao redor da montanha, obstruía a passagem deles.

— Para que esses feixes todos? — ofegou Ruby.

Por todo o comprimento dos dois lados até onde podiam enxergar havia fasces de samambaias presos ao arame. Belacqua quebrou a cabeça para achar uma explicação. No fim teve que desistir.

— Meu Deus não sei mesmo — exclamou.

Com certeza era a coisa mais espantosa.

Primeiro as damas. Ruby escalou a cerca. Belacqua, esperando galantemente atrás com o saco na mão, aproveitou um vislumbre da franqueza de suas pernas. Era a primeira vez que tinha a chance de avaliar aquelas partes dela e certamente vira piores. Esforçaram-se adiante e logo o pico, completo com círculo de fadas, foi avistado, conquanto ainda a uma distância considerável.

Ruby tropeçou e caiu, mas não de cara. Os braços fortes de Belacqua estavam à mão para levantá-la.

— Não machucou — indagou gentil.

— Essa saia velha horrorosa me atrapalha — ela disse com raiva.

— É um estorvo — concordou Belacqua — livre-se dela.

Isso surpreendeu Ruby como uma sugestão tão boa que ela agiu sem quê nem mais e ficou exposta como uma daquelas mulheres que não acham nada de útil numa combinação. Belacqua dobrou a saia sobre o braço, não tendo espaço para ela na sacola, e Ruby, com grande alívio, atacou o pico de calçolas.

Belacqua, que estava na dianteira, parou mais que de repente, bateu as mãos, girou para trás e disse a Ruby que tinha entendido. Tinha intensa consciência de que ela estava em pé afundada até o joelho no queiró diante dele, agradecida por ter um respiro e sem se importar em perguntar o quê.

— Eles amarram esses pacotes ao arame — ele disse — para que as galinhas silvestres os vejam.

Ela ainda não entendia.

— E não voem de encontro à cerca e se machuquem.

Agora entendeu. A maneira calma com que recebeu isso afligiu Belacqua. Era de se esperar que o bilhete tivesse maior sucesso que essa revelação esplêndida. Agora que o queiró chegava até as suas ligas, ela parecia estar se afundando no urzal como em areia movediça. Era possível que estivesse com os joelhos fraquejando? "Espíritos desta montanha", murmurou o coração de Belacqua, "mantenham minha firmeza."

Até agora desde que estacionaram o carro não tinham visto vivalma.

A primeira coisa que tinham que fazer é claro quando chegassem ao topo era admirar a vista, com uma referência especial ao Dun Laoghaire emoldurado à perfeição nos ombros de Three Rock e Kilmashogue, os braços compridos do porto como uma súplica no mar azul. Padres jovens estavam cantando num bosque na vertente. Ouviram-nos e viram a fumaça de sua fogueira. A oeste no vale uma plantação de lariços quase trouxe lágrimas aos olhos de Belacqua, até que alçando esses membros indisciplinados para as encostas de Glendoo, pintadas como um leopardo, que se estendiam além, pensou em Synge e recobrou seu ânimo. Wicklow, cheio de peitos com espinhas, ele se recusou a levar em consideração. Ruby concordou. A cidade e as planícies ao norte não queriam dizer nada para nenhum dos dois na disposição em que estavam. Uma bosta humana jazia dentro do círculo.

Como fantoccini controlados por um único cordão, eles se lançaram para baixo na encosta oeste do urzal. De agora em diante até o fim há algo muito *secco* e Punch e Judy acerca de suas ações, Ruby parecendo mais do que nunca uma Madalena obscena, Belacqua como um zelador saído da Carreira da Prostituta. Continuava a adiar a abertura da sacola.

— Pensei em trazer o gramofone — ele disse — e *Pavane* de Ravel. Depois —

— Depois você pensou melhor — disse Ruby. Ela tinha o hábito irritantíssimo de interromper.

— Oh sim — disse Belacqua — o pálido molde[58] de sempre. Notem o homem literário.

— Q'pena — disse Ruby — teria tornado as coisas mais fáceis. Feliz Infanta! Pintada por Velásquez e depois chega de tarefas!

— Se você voltasse a vestir a saia — disse Belacqua com violência — agora que terminamos a caminhada, você tornaria as coisas mais fáceis para mim.

Como as coisas estavam ficando difíceis, com certeza. A menor coisa poderia perturbar o andar da carruagem nessa conjuntura.

Ruby levantou as orelhas. Isso era uma declaração afinal? Caso fosse ela não iria satisfazê-lo.

---

[58] Pálido molde: *Hamlet*, ato III, cena 1. (N.T.)

— Prefiro sem — ela disse.

Belacqua, encarando ferozmente os lariços, ficou amuado por um tempo.

— Bem — ele resmungou afinal — vamos tomar um drinquezinho para começar?

Ruby estava disposta. Ele abriu a sacola o mínimo possível, meteu a mão dentro, puxou a garrafa, depois os copos e fechou-a depressa.

— Quinze anos — disse com complacência — fiado.

Todo o dinheiro que ele devia por uma coisa ou outra. Se não conseguisse agora de uma vez por todas ficaria quebrado.

— Meu Deus — exclamou, executando uma espécie de tique-taque apaixonado pelos bolsos — esqueci o saca-rolhas.

— Bah — disse Ruby — que azar. Arranque a tampa fora, arrebente o gargalo.

Mas o saca-rolhas surgiu como sempre surge e tomaram um drinque comprido.

— Comprimento sem fôlego — arfou Belacqua —, essa é a ideia, Hiawatha num bar de Dublin.

Tomaram outro.

— Isso dá quatro duplos — disse Ruby — e dizem que há oito numa garrafa.

Belacqua levantou a garrafa. Nesse caso havia alguma coisa errada com a afirmação dela.

— Nunca dois sem três — ele disse.

Tomaram outro.

— Ó Morte em Vida — vociferou Belacqua — os dias que não são mais.

Caiu sobre a sacola e arrancou o bilhete para ela examinar. Pintado toscamente de branco numa placa de carro velha ela enxergou:

IK-6996 tinha sido apagado para dar espaço a essa inscrição. Era um palimpsesto.

Ruby, com valentia de bêbada, soltou uma caçoada alta.

— Não vai dar — ela disse — não vai dar mesmo.

Foi uma decepção ouvi-la dizer isso. Pobre Belacqua. Com tristeza segurou a placa no braço esticado.

— Você não gostou — ele disse.

— Ruim — disse Ruby — muito ruim.

— Não quero dizer a forma com que se apresenta — disse Belacqua — quero dizer a ideia.

Era tudo a mesma coisa o que ele queria dizer.

— Se tivesse um remo — ela disse — iria enterrá-la, com ideia e tudo.

Belacqua colocou o objeto ofensivo virado para baixo no urzal. Agora não sobrava mais nada na sacola além da arma de fogo, da munição e do veronal.

A luz começou a morrer, não havia tempo a perder.

— Você quer levar um tiro — disse Belacqua — ou ser envenenada? Se o primeiro, tem alguma preferência? O coração? A têmpora? Se o segundo — passando a sacola — sirva-se.

Ruby passou-a de volta.

— Carregue — ordenou.

— *Chevaliers d'industrie* — disse Belacqua, inserindo a bala — quase todos estouram os miolos. Kreuger confirmou a regra.

— Não morremos exatamente juntos, querido — falou arrastado Ruby — ou morremos?

— Ai — suspirou Belacqua — o que se pode esperar? Só um par de minutos — com uma copiosa sacudida no revólver —

o tempo que leva para cozinhar um ovo, o que é isso para a eternidade?

— Ainda assim — disse Ruby — seria bem bacana apagar juntos.

— O problema da precedência — disse Belacqua, como se de uma tribuna — sempre se levanta, mesmo entre o Papa e Napoleão.

— "O Papa a vomitada" — citou Ruby — "ele alvejou a alma dela…"

— Mas talvez você não conheça essa história — disse Belacqua, ignorando a irrelevância.

— Eu não — disse Ruby — e não tenho nenhuma vontade de saber.

— Bem — disse Belacqua — neste caso vou dizer somente que eles resolveram isso de um modo estritamente espacial.

— Então por que não nós? — disse Ruby.

O gás parece estar escapando em algum lugar.

— Nós — disse Belacqua — como gêmeos —

— Estamos nos perdendo — desdenhou Ruby.

— Somos escravos da ampulheta. Não há espaço para sairmos correndo abraçados.

— Como se só houvesse um único no mundo — disse Ruby. — Bah!

— Acontece que nos consumimos no mesmo — disse Belacqua — essa é a dificuldade.

— Bem, é uma questão menor — disse Ruby — e de todo modo primeiro as damas.

— Fique à vontade — disse Belacqua — sou o atirador melhor.

Mas Ruby, em vez de abrir o peito ou segurar a cabeça para ser explodida, serviu-se de um drinque. Belacqua teve um ataque.

— Droga — gritou — não combinamos todas essas coisas há semanas? Combinamos ou não combinamos?

— Uma combinação foi feita — disse Ruby — certamente.

— Então por que toda essa maldita conversa?

Ruby bebeu seu drinque.

— E deixe-nos uma gota na garrafa — ele rosnou — vou precisar quando você se for.

Aquela sensação indescritível, misto de exasperação e alívio, relaxando, para sofrer melhor, a cenestesia do paciente quando descobre o cirurgião, agora arrebentou dentro de Belacqua. Sentiu-se de súbito quente por dentro. A vaca estava dando pra trás.

Embora uísque em regra ajudasse Ruby a se sentir estrelada, de algum modo nesta ocasião ele falhou em afetá-la dessa maneira, o que quase não é surpresa se refletirmos sobre que ocasião especial era essa. Agora para seu espanto o revólver disparou, sem danos felizmente, e a bala caiu *in terram* ninguém sabe onde. Mas por todo um minuto ela achou que tinha sido baleada. Um silêncio atroz, no âmago do qual seus olhos se encontraram, sucedeu-se à detonação.

— O dedo de Deus — sussurrou Belacqua.

Quem há de julgar sua conduta nesta encruzilhada? É para ser condenada como totalmente infame? Não é possível que ele estivesse galantemente tentando evitar a vergonha da jovem? Foi tato ou concupiscência ou amarelecimento ou um acidente ou o quê? Expomos os fatos. Não temos a presunção de determinar seu significado.

— Digitus Dei — ele disse — pra variar.

Essa observação o entrega muito, não?

Quando o primeiro susto da surpresa passou e o silêncio gastou sua fúria um grande turbilhão de vida sanguínea saltou nos peitos de nossos dois delinquentes, de modo que se uniram em inevitável nupcial. Com a máxima reverência a nosso alcance, movendo-nos na ponta dos pés para longe de onde se deitaram no queiró, mencionamos isso em voz baixa.

É muito possível que seja sua fanfarronada em anos vindouros, quando Ruby estiver morta e ele for um velho otimista, que pelo menos nessa ocasião, se nunca antes ou desde, ele alcançou o que se propusera fazer; *car*, nas palavras de alguém competente para cantar sobre o assunto, *l'Amour et la Mort* — cesura — *n'est qu'une mesme chose*.

Que a noite deles seja cheia de música em todo caso.

Caindo fora

NUMA BELA E fatídica tarde de primavera ele parou, não tanto a fim de descansar como de fazer a cena escorrer através dele, lá no meio das Pistas do finado Patrão Croker, onde nenhum cavalo podia mais ser visto. Pretty Polly, aquela égua de coração grande, estava enterrada nos arredores. Passear por este descampado com tempo bom, nestas terras de grama verde e brilhante, era quase tão bom como cruzar a pista de corrida de Chantilly com a cara voltada para o Castelo. Apoiado agora em seu bastão, entre Leopardstown morro abaixo ao norte e os picos de Two Rock e Three Rock ao sul, Belacqua lamentava os cavalos dos bons velhos tempos, pois teriam dado à paisagem algo que as legiões de ovelhas e cordeiros não podiam dar. Estes últimos estavam saltitando para o mundo a cada minuto, a grama estava salpicada de secundinas vermelhas, as cotovias cantavam, as sebes se partiam, o sol brilhava, o céu era o manto de Maria, as margaridas estavam lá, tudo estava em ordem. Só faltava o cuco. Era uma dessas tardes de primavera em que é questão de alguma dificuldade manter Deus fora das meditações da gente.

Belacqua apoiava todo seu peso restante no bastão e absorvia a cena, numa espécie de modo apaixonado e cego, e sua cadela Kerry Blue se sentava no chão esmeralda ao lado dele. Estava ficando velha agora, não se incomodava mais em caçar. Podia fazer um gato subir numa árvore, não era incômodo nenhum, mas não se dispunha a ir além disso. Então só ficava sentada, sabendo perfeitamente bem que não havia gato nenhum nas Pistas de Croker, e não se importava muito mais com o que acontecesse. O balido dos cordeiros a excitava levemente.

Meu Deus, ocorreu a Belacqua, devo ter passado do meu melhor agora que me pego preferindo esta época do ano ao fim do outono.

Esse pensamento vívido, totalmente irrefutável como reconheceu de imediato, não o afligiu tanto que o incapacitasse de mover-se adiante. Passado o pior do seu melhor, não havia nada de tão terrível nisso, pelo contrário. Em breve poderia esperar se arrastar em meio a um jardim de pedras com lágrimas nos olhos. Na verdade a prova, se fosse preciso prova, de que ele estava mais eufórico do que aflito, aparece quando ele retira seu peso do bastão e se move para a frente; pois o efeito de uma negligência verdadeira sempre foi deixá-lo sem saída e incapaz de se mexer. A cadela andava atrás. Estava aborrecida e com calor.

Lentamente ele levantou os olhos até ficarem no mesmo nível de sua destinação. Tom Wood, ele adornava como um pente um morro baixo à distância. Lá ele tinha um encontro, mas apenas no sentido em que um pescador tem um com os peixes de um rio. Estivera lá com tanta frequência que conhecia todas as suas entradas e saídas, embora não pudesse ter dado nome a suas árvores. Carvalho, achava vagamente, ou olmo, mas mesmo se tivesse observado não poderia saber mais. Esse moço do campo, ele não conseguia distinguir um carvalho de um olmo. Lariços entretanto ele conhecia, de ter subido neles quando era um menino gordinho, e uma jovem plantação deles, de um verde-cinza muito pungente, atraiu seu olhar agora na encosta. Pungente e lenitivo ao mesmo tempo, o efeito que teve sobre ele à medida que avançava foi prodigioso.

Pensou que se sua mulher apenas consentisse em arranjar um chichisbéu como tudo seria agradável em toda parte. Ela sabia o quanto ele a amava e todavia nem queria ouvir falar dele lhe arranjar um chichisbéu. Estava meramente noivo, mas já pensava em sua noiva como sua mulher, uma antecipação que os jovens empreendendo essa mudança de condição bem podiam ser aconselhados a imitar. Repetidas vezes tinha instado com ela para que estabelecessem sua vida conjugal nessa base sólida de corneação. Ela entendia e apreciava o sentimento dele, reconhecia que seu argumento era robusto, e todavia não queria ou não conseguia convencer-se a agir de acordo. Ele não era um jovem feio, uma espécie de Tom Jones cretino. Ela mataria a afeição dele com sua bobagem antes dos sinos do casório, e isso seria o fim.

Revolvendo esta e ansiedades cognatas a miúdo em sua mente, chegou por fim ao limite sul das Pistas e à estradinha que tinha de atravessar para entrar na próxima série de campos. Assim, vastas extensões de campanha, sebes e valas e grama abençoada e margaridas, depois o vergão profundo da estrada, de novo e de novo, até que ele chegasse ao bosque. O muro era alto demais para a cadela naquela época da vida, então ele a ajudou a atravessar com um empurrão vigoroso nas ancas cinzentas. Isso lhe deu prazer se tivesse parado para analisar. Mas ele mesmo, ele fez pouco do obstáculo, pensando: que coisa maravilhosa esta ao fim e ao cabo de ser jovem e vigoroso.

Na vala no lado distante da estrada uma equipagem estranha estava instalada: uma carroça velha de rodas altas, com trapos pendurados. Belacqua procurou ao redor algo semelhante a um tiro, a canga maluca não poderia ter caído do céu, mas nada no mínimo parecido a uma besta de tiro podia ser visto, nem mesmo uma vaca. Agachado debaixo da carroça um perfeito indigente estava muito ocupado com uma coisa ou outra. O sol reluzia sobre isso como se fosse um cordeiro recém-nascido. Belacqua apreendeu todo o conjunto numa olhada e sentiu, o burguês desgraçado, um paroxismo de vergonha pela sua barriga de capão. A cadela, de maneira muito remota, subiu na carroça e farejou os trapos.

— Dêxiss'aí! — vociferou o vagabundo.

Agora Belacqua podia ver o que ele estava fazendo. Estava remendando uma panela ou frigideira. Batia a ferramenta no recipiente em sua ansiedade. Mas a cadela se sentiu em casa.

— Molhano minhas calça — disse o vagabundo suavemente — maricas qu'eu sô.

Então aquilo eram suas calças!

Esta privacidade que ele sempre tinha presumido ser inalienável, esta prerrogativa fundamental do homem cristão, tinha sido violada agora pelo animal de estimação de alguém. Ainda assim ele podia estar anunciando um placar, sua voz tão isenta de rancor. Mas Belacqua estava envergonhado em último grau.

— Boa tarde — piou com medo e tremendo — tarde adorável.

Um sorriso à prova de qualquer adversidade transformou a cara triste do homem debaixo da carroça. Era bastante bonito com seus cabelos e bigode pretos, bastos, ainda que despenteados.

— Nota dez — ele disse.

Depois disso um comentário adicional era impossível. A questão de desculpas ou de uma compensação simplesmente não surgiu. A nobreza instintiva dessa criatura esplêndida para quem a vida privada, suas alegrias e desgostos no entardecer debaixo da carroça, não era adquirida, como Belacqua um dia se tivesse sorte poderia adquirir a sua, mas antecedente, desarmada de todos os ganchos de panelas e cabides da civilidade. Belacqua fez uma mesura inarticulada com seu bastão e passou descendo a estrada para fora da vida desse funileiro, esse homem verdadeiro afinal.

Mas não tinha ido longe, nem tinha dobrado ainda para o lado da zona seguinte do campo, quando ouviu gritos atrás dele e o taratatá de cascos. Não era ninguém menos que sua caríssima Lucy, sua prometida, escanchada em sua magnífica gineta. Puxando as rédeas ela chapinhou passando por ele num autêntico tornado de caracoleados. Quando sua cavalgadura se acalmou e sua própria ofegação esmoreceu um tanto ela explicou ao atônito e, seja dito, um tanto vexado Belacqua como lhe acontecera chegar ali.

— Oh, fui a sua casa e me disseram que você tinha saído.

Belacqua afagou a papada macia da gineta. Pobre besta, tinha sido cavalgada até espumar. Ela o olhou com um olho muito branco. Iria tolerar as intimidades dele já que esta era a sua servidão, mas esperava, antes de morrer, morder um homem.

— Então eu não soube o que fazer, então o que você acha?

Belacqua não conseguia imaginar. Não parecia haver nada a fazer nessas circunstâncias a não ser tirar o melhor disso.

— Subi no telhado e fiz a Irmã Ann.

— Não! — exclamou Belacqua. Isso foi agradável.

— Sim, e encontrei você no final, completamente sozinho nas Pistas.

Isso foi encantador. Belacqua chegou-se à perna dela.

— Querido! — ela ejaculou.

— Bem — ele disse — bem, bem, bem.

— Então embalei dando a volta na estrada — ela estava tomada pelo sucesso de sua pequena estratégia — e aqui estou.

Ela o tinha cercado, ela o tinha interceptado, era quase tão bom quanto alcançar um transatlântico no cinema. Ele beijou seu joelho flexionado.

— Brava!

Pensar que alguém precisava dele desse jeito! Só podia ficar comovido.

De rosto e corpo Lucy era arrebatadora, toda a sua pessoa era bastante perfeita. Por exemplo, era escura como azeviche e de uma palidez que nunca se alterava, e o cabelo curto e espesso se voltava para trás como uma flâmula a partir da bandeira arqueada da testa. Mas seria uma perda de tempo listá-la item por item. Verdadeiramente não havia nenhuma falta ou falha na jovem. Contudo sentimos que devemos dizer antes de deixá-la em paz, seu pobre corpo que deve murchar, que seus membros inferiores de onde começavam juntos até onde terminavam, teriam dado crédito a uma página de Signorelli. Digamos assim, que através das calças de montaria eles se mostravam. O que mais se pode dizer das pernas de uma mulher, coxas incluídas? Ou tudo isso é simplesmente ridículo?

Belacqua se perguntava, quando o primeiro êxtase por ter sido espionado de longe se desgastou, o que diabo ela queria. Mas parecia que ela não queria nada em particular, apenas queria ficar com ele. Isso era uma falsidade claro, ela queria sim alguma coisa em particular. Entretanto.

— Ouça minha querida Lucy — ele disse com uma espécie de franchise final — sei que você não vai se importar se eu não puder passar esta tarde com a minha — levou algum tempo até encontrar um termo carinhoso para encobrir os fatos — a minha Fünklein.

Mas ela fez uma cara muito azeda. Este lagarto dela, ele parecia estar pegando o hábito de lhe dar um chega pra lá, muito em breve se ele não tomasse cuidado não iria mais prestar para ela.

— Estou com cambras — queixou-se e desculpou-se. — Deus me ajude, não sou boa companhia para ninguém quanto mais a adorável Lucy.

Adorável Lucerne, adorável Lucy.

De fato ela era melhor que adorável, com essa lembrança do Nobel Yeats, com seu cabelo de azeviche e seu rosto pálido incrustado, o joelho de categute e o busto rijo suando um pouco dentro do jérsei preto.

Agora é a vez dela continuar.

Ele acha mesmo, ela se perguntava, que é sua companhia que quero, a qual me parece a esta altura um artigo quase tão fútil quanto um limpador de bico de pena. Que a tinta coagule no bico, que o vinho, dizendo de outro modo, esfregue as borras.

Ele falou, como ela sabia que estava fadado a fazer, caso ela segurasse a pose por tempo suficiente.

— Saí para me livrar disso caminhando.

— Livrar-se *do que* caminhando? — gritou Lucy. Estava de saco cheio dos humores dele.

— Oh não sei — ele disse — nosso velho amigo, o banho do diabo.

Fez desenhos com seu dedo do diabo no pelo da gineta, se perguntando como explicar aquilo.

— Então eu pensei — ele disse afinal — que a melhor coisa a fazer era ir ao bosque para um pequeno sursum corda.

Isso era outra falsidade, porque o bosque estivera em seus pensamentos o dia todo. Ele disse isso com uma espécie de convicção infame.

— Corda é bom — disse Lucy.

Enquanto dizia essas palavras com um de seus sorrisos sabidos, a verdade, ou algo que se parecia muito com ela, bateu-lhe com tanta violência que ela quase caiu da sela. Mas ela se recuperou e Belacqua, de volta à rédea cortejando um desastre, não viu nada.

— Sei — ele disse com tristeza — que você não acredita nessas experiências pessoais, as mulheres não acreditam eu sei em geral. E se você desconfia delas agora —

Ele parou, e ficou óbvio, até para a gineta, que tinha ido longe demais.

O que a cadela estava fazendo esse tempo todo? Estava sentada na vala, ouvindo.

O sol parecia estar se pondo no sul, pois o grupo estava agora inteiramente na sombra da cerca viva alta à esquerda de Lucy, embora com certeza à direita dela as Pistas ainda estivessem brilhando. Embora as cotovias tivessem ido dormir e as gralhas-calvas estivessem indo não havia nenhuma perda de clamor pastoril, pois os cordeiros gritavam mais alto quando a luz caía e os cães começavam a latir à distância. O cuco entretanto ainda estava em suspenso. Belacqua andou de volta para a vala e ficou em pé indeciso ao lado de seu animal, a gineta pendeu a cabeça e fechou os olhos, Lucy ficou sentada muito quieta nas costas dela fixando o olhar direto em frente, todos eles pareciam estar ouvindo, a mulher, a cadela, a gineta e o homem. O vagabundo podia vê-los por entre os raios contíguos de sua roda, ao mover a cabeça para a posição certa ele estava longe bastante para enquadrar todo o grupo num setor da roda.

Lucy, decidida a colocar à prova sua terrível conjectura, tinha muito depressa envergonhado seu amante para chegar a um acordo, pois é claro que ele era como cera em suas mãos[59] quando se tratava de um plano de ação. Ficou combinado que deveriam encontrar-se no portão que levava da alameda para dentro do bosque, ele indo em seu caminho através do campo direto e ela, porque estava fora de questão negociar muros e diques com a gineta, em seu desvio pela estrada. Que destino adverso os impediu neste ponto de fundir seus caminhos? O grupo se dispersou e logo o vagabundo, espiando pelo seu setor, viu apenas o cinza da estrada com sua bainha verde.

[59] Comp. *Fingal*. (N.A.)

Lucy trotava adiante com brio. Podemos mencionar que o efeito desse movimento era normalmente animá-la, mas não fez isso agora, tão atônita ela estava pela súbita visão de Belacqua que o condenava, se fosse verdade, como seu companheiro, seu parceiro na jornada da vida. Se o que temia fosse verdade seu coração estava partido, para não falar nada do noivado. Mas seria possível? Este jovem de boa família, tão honrado ao que certamente ela sabia em todas as suas transações, tão espiritual, um homem da Universidade também, poderia ser um bichinho rastejante assim? Parecia inconcebível que pudesse ter estado tão cega quanto à verdadeira natureza dele que deixara seu amor, nascido de um espasmo mais de um ano atrás no Palais de Danse de Portrush, crescer constantemente dia após dia até chegar agora a algo como uma paixão mórbida. Contudo ao mesmo tempo era forçada a admitir como o horrível diagnóstico que acabara de se revelar a ela se ajustava perfeitamente a certos aspectos de seu comportamento que ela nunca fora capaz de sondar: toda a sua conversa infantil, por exemplo, sobre ela viver com ele como uma música enquanto fosse de corpo a esposa de outro; todas as fugas dele para "sursum corda" e "experiência pessoal", desde o princípio do namoro deles, quando costumava deixá-la ao entardecer e ia vaguear pelas dunas, até agora, bem na véspera das núpcias, um tempo em que ela sempre pensaria, qualquer que fosse seu desfecho, como estrangulado num pinheiral.

Ali agora mesmo uma linda garotinha alemã cedia, com um "wie heimlich!" no leito de agulhas ao lado de seu Tanzherr de Harold's Cross.

O caminho serpenteava morro acima entre cercas vivas de pilriteiros vermelhos. Lucy, ansiosa por ser a primeira a chegar, mantinha a gineta no trote, apertando os joelhos para dentro e regulando a subida e a descida do difícil movimento com esmero.

Todavia sua absorção era tão profunda que poderia ter alfenas de ambos os lados sem nem querer saber nem se importar, de modo que a floração, desvanecendo agora com um efeito dos mais bonitos enquanto as sombras se alongavam, se perdeu totalmente para a infeliz cavaleira. Não viu nada do bosque, a raiz de todo o dano, que assomava a uma pequena distância diante dela, seus postos avançados de madeira suficientemente compactos para fazer uma paliçada, mas não tão próximos que tapassem as coisas secretas além deles. Foi poupada da coluna alta de fumaça crescendo e minguando, como um Lied, fumo de sinais, contra o verde escuro dos pinheiros.

Belacqua via essas coisas, as árvores, a coluna de fumaça, os pilriteiros, cordeiros mortos também jazendo nos topos das cercas-vivas, todos os emblemas da primavera do ano. Ele via. E Lucy, tateando num súbito caos da mente, não viu nada. Pobre Lucinha! Quanto mais lutava para ejetar a ideia que a possuía desde aquelas palavras descuidadas: "Corda é bom", mais ela parecia prevalecer sobre a exclusão de todas as outras. A depreciação do seu gentil Belacqua de alguém que amara com todas as sombras e emaranhados de sua conduta para um trivial espião da mais vil categoria não era de se deixar de lado por uma garota de seu temperamento meramente por ser um grande choque para seu sistema sentimental. Os dois Belacquas, o velho e querido enigma e agora este canalha patente, travavam cruel batalha de peteca e raquetes com a sua mente. Mas decidiria entre eles antes de dormir, como não sabia, não tinha traçado nenhum plano, mas de algum jeito faria isso. Qualquer aversão que a verdade pudesse gerar dentro dela, não seria melhor ter certeza que tristeza?

Agora definitivamente era o anoitecer.

Uma silenciosa e suntuosa limusine, uma Daimler sem dúvida, dirigida por um lorde bêbado, fez sem aviso uma curva na volta estreita e atingiu a gineta com um golpe terrível no esterno. Lucy levou um tombo repulsivo dando para trás e para baixo dos quartos traseiros rampantes, a base da coluna, depois a do crânio, bateu no chão numa pancada dupla, a gineta caiu por cima dela, as rodas do carro passaram aos solavancos pelo que sobrara da gineta, que expirou ali na hora no crepúsculo, *sans jeter un cri*. Lucy entretanto não foi tão sortuda, ficando aleijada para o resto da vida e com a beleza tremendamente estragada.

Agora é a vez de Belacqua de continuar.

Ele chegou no tempo devido ao encontro, esperando achar Lucy lá antes dele, pois tinha se demorado no caminho a se maravilhar com os efeitos do entardecer. Pulou o portão e se sentou na grama para esperar sua chegada, mas é claro que ela não apareceu.

— Droga — disse afinal para a cadela — ela quer que eu espere aqui a noite inteira?

Deu-lhe mais cinco minutos, então se levantou e caminhou para o alto do morro até chegar à borda do bosque. Ali virou-se e perscrutou a paisagem escurecida com seus olhos fracos. Exatamente como ela há apenas algum tempo tinha ficado em pé no cume da casa e o procurado avidamente e o encontrado, ele agora em pé no cume do morro em relação a ela, com esta diferença entretanto, que sua avidez era tão leve que ficou mais aliviado que outra coisa quando não conseguiu enxergar nem sinal dela. Aos poucos na verdade deixou de procurá-la e em vez disso olhou a cena.

Foi nesse momento que ouviu com uma pontada, matraqueando à distância, creque-creque, creque-creque, creque-creque, o primeiro codornizão da temporada. Com uma pontada, porque ainda não tinha ouvido o cuco. Não podia deixar de sentir que devia haver algo errado em algum lugar quando um homem que estivera procurando escutar dia após dia o cuco de repente ouve ao invés o codornizão. A terça de veludo do primeiro pássaro, com sua promessa de felicidade, lhe fora negada, e o estertor da morte de um que ele nunca tinha visto se propusera em seu lugar. Uma coisa boa para Belacqua era que ele não dava nenhum crédito a augúrios. Amarrou a cadela numa árvore, acendeu seu olho pineal e entrou no bosque.

Com todos os atrasos a que fora levado por causa de Lucy, ele passara bastante da sua hora habitual e estava muito escuro no bosque. Não deu sorte nos abrigos habituais e estava quase desistindo do trabalho inútil e rumando para casa quando de repente vislumbrou um farfalhar e uma centelha de branco numa clareira. Eram Fräulein e amigo. Belacqua aproximou-se deles cuidadosamente por trás e observou por um tempo. Mas desta vez, o que quer que houvesse de errado com ele, pareceu encontrar pouco sabor no espetáculo, tão pouco na verdade que se surpreendia ao não olhar de todo mas encarar vagamente as sombras, não atento a nada fora o peso e a escuridão e o silêncio do bosque abatendo-se sobre ele. Tudo era muito submarino e opressivo.

Ergueu-se finalmente e se afastou na ponta dos pés por sobre o musgo que não o trairia. Iria para casa e se sentaria com Lucy e tocaria o gramofone e veria como se sentiria então. Mas tropeçou num galho podre crescendo próximo ao solo, que se partiu com um estampido alto e ele caiu para a frente de cara. Então, quase antes de saber o que tinha acontecido, estava correndo em zigue-zague através das árvores com o enfurecido Tanzherr pisoteando-lhe atrás numa perseguição acalorada.

Qualquer vantagem que a familiaridade com o terreno pudesse ter conferido a Belacqua foi ultrapassada de longe pela condição de seus pés que estavam tão machucados com uma coisa e outra que até andar era doloroso, enquanto correr era uma tortura. Quando chegou perto do lugar onde amarrara a cadela e entrara no bosque compreendeu que estava sendo alcançado depressa e que não havia nada a fazer senão virar-se e dar combate. Reduzindo o aperto no bastão e afrouxando o passo enquanto corria evitando as árvores parou abruptamente, virou-se e com ambas as mãos enfiou a ponteira afiada no hipogástrio de seu perseguidor. Esse golpe, por mais bem concebido, foi desferido prematuramente. O Tanzherr o viu a caminho, sacudiu-se com habilidade para fora da linha, fez a volta derrapando, abaixou a cabeça, atacou, chocou-se com sua presa e o derrubou no chão.

Agora seguiu-se um combate feroz. Belacqua, lutando como uma mulher, chutando, arranhando, rasgando e mordendo, opôs uma galharda resistência. Mas sua força era tão pouca quanto sua velocidade e logo foi obrigado a gritar por clemência. Com isso o vitorioso, segurando-o cruelmente pela nuca de cara para baixo, administrou uma paulada brutal com o bastão. A cadela, façamos-lhe justiça, esforçava-se contra sua corrente. A Fräulein, fantasmagórica no escuro com seu fino vestido branco, veio até a beira do bosque e observou, extasiada, apertando o peito, valentia para com os homens sendo um emblema de habilidade para com as mulheres.

Os gritos de Belacqua se tornaram cada vez mais fracos e por fim o Tanzherr, sua fúria aplacada, desistiu, largou um chute de despedida e saiu se pavoneando com sua mocinha debaixo do braço musculoso.

Quanto tempo ele ficou lá, meio insensível, nunca soube. Era noite fechada quando rastejou penosamente até a cadela e soltou-a. Tampouco conseguiu entender como chegou em casa, arrastando-se mais do que trepando por cima das diversas cercas vivas e valas, deixando a cadela seguir o melhor que pudesse. Basta sobre sua juventude e vigor.

Mas *tempus edax*, porque agora está feliz casado com Lucy e a questão de chichisbéus não se levanta. Ficam sentados até tarde ouvindo o gramofone, *An die Musik* é uma grande preferida de ambos, ele encontra nos grandes olhos dela mundos melhores que este, nunca aludem aos velhos tempos em que ela tinha esperanças de um lugar ao sol.

Que infortúnio

BELACQUA ESTAVA TÃO feliz casado com a aleijada Lucy que se viu inclinado a ter pena de si mesmo quando ela morreu, o que fez na véspera do segundo aniversário de seu terrível acidente[60], depois de dois anos de enorme sofrimento físico suportado com uma bravura dessas que só as mulheres parecem capazes de dispor, tendo passado dos extremos mais cruéis da esperança e do desespero que já dilaceraram o coração humano para a resolução misericordiosa deles, alguns meses antes de seu falecimento, numa tranquilidade de aquiescência que era a admiração de seus amigos e um conforto nada desprezível para o próprio Belacqua.

A morte dela chegou portanto como uma libertação oportuna e o viúvo, para o inexprimível desgosto dos conhecidos da falecida, não usou nenhum dos sinais apropriados de luto. Não conseguia produzir lágrimas de moto próprio, tendo quando jovem esgotado essa fonte de conforto mediante uma indulgência exagerada; nem tinha consciência da menor necessidade ou inclinação de fazer isso por ela, sua pequena reserva de piedade estando devotada inteiramente aos vivos, o que não quer dizer este ou aquele desafortunado em particular, mas a multidão sem nome dos viventes atuais, a vida, quase ousamos dizer, em abs-

---

[60] Comp. *Caindo fora*. (N.A.)

trato. Essa piedade impessoal era amaldiçoada em muitos lugares como uma exageração intolerável e nuns poucos como um pecado certo contra Deus e a Sociedade. Mas isso Belacqua não podia evitar, pois não se sentia vivo para nenhuma outra espécie a não ser esta: final, uniforme e contínua, inalterada por circunstâncias, destinada sem discriminação a todos os não mortos, sem obras. O público, tomando conhecimento disso apenas como insensibilidade em relação a este ou aquele indivíduo, não tinha o que fazer com isso; mas as vantagens pessoais eram obviamente muito grandes.

Todos os viados e bruxas, machos e fêmeas, que ele já vira ou de quem ouvira falar, inarticulados com o muco delicioso da simpatia, livraram-se no devido tempo daquela secreção, quando seu sabor tinha sido totalmente exaurido, *viva sputa* e por carta postal, através do emunctório de sua perda. Sentia-se como se tivesse sido salpicado da cabeça aos pés com algália humana e nunca fosse ficar limpo ou cheirar bem de novo, *i.e.* a ele mesmo, cujos odores farejava toda hora com especial complacência. Esses entretanto começaram a se reafirmar conforme o tempo avançava e o cuspe das bruxas, enquanto a cova de Lucy sedimentava, ficava verde e até começava a prometer margaridas, se introvertia para as dores delas próprias e para as mais recentes de mais próximos e queridos. Restituído a esses eflúvios carodignos, acolhido nesse casulo pungente como a cigarrinha-das-pastagens em sua espuma, Belacqua andava em seu jardim e brincava com as bocas-de-leão. Ajoelhar-se diante delas no pó e no barro do terreno e esganá-las suavemente até suas línguas se projetarem, naquela hora índigo quando o único latido (para considerar apenas um só motivo pastoral) a se ouvir era aquele que quase não podia ser ouvido, soltado tão ao longe debaixo das montanhas que chegava como uma pontada de som justamente da severidade certa, era o divertimento que ele achava mais adequado à sua melancolia nesta estação e mais satisfatório para aquela necessidade de conto de fadas da sua natureza cujos gritos pareciam corresponder àqueles da sua preciosa ipsissimosidade, se se pudesse dizer que uma palavra bonita dessas existia. Agradava à sua imaginação pensar em si mesmo como uma espécie de São Jorge boa praça na corte de Mildendo.

As bocas-de-leão estavam começando a morrer por conta própria e Belacqua a sentir cada vez mais a falta daquelas janelas para mundos melhores que eram os grandes olhos negros de Lucy, quando acordou numa bela tarde para se achar loucamente apaixonado por uma *garota de substância* — um frenesi divino, entendam, nada de suas paixões lúbricas. A essa dama ele serviu o mais cedo que pôde com uma oferta de sua mão e fortuna o que, embora insignificante, tinha um certo ar de distinção, por ser imerecido. Primeiro ela disse *não*, depois *oh não*, depois *oh francamente*, depois *mas francamente*, depois, em tons repinicantes, *sim coração*.

Quando dizemos uma garota de substância, queremos dizer que sua prenda promissora, a julgar pelo comportamento de seu pai em geral e em particular pela respiração dele depois de cantar, era, por assim dizer, de curto prazo. Negar que Belacqua estivesse atento a essa circunstância seria apresentá-lo como um imbecil ainda maior do que era quando se tratava de enxergar o óbvio; ao passo que sugerir que isso estava implícito, por mais ligeiramente que fosse, na sua obsessão brusca com a beneficiária futura, constituiria um opróbrio desses com os quais não nos importamos muito de lidar. Vamos portanto propor um mínimo de caridade e observar de maneira casual, de olhos baixos e cabeça desviada até que a expressão pare de vibrar, que aconteceu de ele conceber uma de suas fantasias olímpicas por uma pessoa bastante jovem com aspirações. Não podemos ficar em cima do muro mais simpaticamente do que isso.

Seu nome ele era Thelma bboggs, filha mais nova do Sr. e da Sra. Otto Olaf bboggs. Não era bonita no sentido que Lucy era; nem se poderia dizer que transcendia a beleza, como a Alba parecia fazer; nem ainda ter batido com sua vida e pessoa na cara dela, como Ruby talvez fizera. Não fazia os velhos correrem nem os jovens pararem. Para ser bem explícito ela era e sempre fora tão definitivamente não bonita que uma vez vista era esquecida com dificuldade, o que é mais do que se pode dizer da, digamos, Vênus Calipígia. Seu problema era fazer-se ver em primeiro lugar. Mas o que ela tinha mesmo, como Belacqua nunca se cansava de afirmar para si próprio, era uma personalidade queridaninha, junto com a intensa atração, como ele repudiava com não menos insistência, do ponto de vista estritamente sexual.

Otto Olaf fizera dinheiro com apetrechos e necessidades de banheiro. O seu hobby, desde que se aposentara da participação ativa nos negócios da empresa maravilhosa que fora o trabalho de sua vida, filha cerebral, trabalho de amor e do resto, era mobília de primeira. Dizia-se que ele possuía a mais linda e completa coleção de mobília de primeira da North Great George Street, de cuja localidade lamentável, apesar das preces da esposa e da filha mais velha por uma casa própria em Foxrock, ele se recusava grosseiramente a sair. As memórias mais diletas de sua meninice, transcorrida como aprendiz de encanador; os mais copiosos suores e triunfos da flor da sua idade, tanto no trabalho como (com um olhar impertinente para a Sra. bboggs) no ofício e negócios do amor, do equinócio da primavera, na sua expressão sanitária própria, ao solstício de verão da sua vida; todos os altos e baixos de uma carreira árdua, instituída na instalação mais vil de uma residência e fechando-se agora nas glórias de Hepplewhites e cômodas bombé, estavam ligadas à velha e magnífica North Great George Street, em consideração à qual tinha o prazer de remeter a esposa e a filha mais velha àquela parte dele mesmo que nunca desejou que ninguém chutasse nem se dispôs voluntariamente a beijar em alguém.

O único motivo por baixo do desprezo do Sr. bboggs por Belacqua e do seu consentimento para que Thelma se tornasse sua noiva: ele era poeta. Um poeta é de fato uma criatura muito núbil, dotada, não sabem vocês, com o amor do amor, como a mulher de La Rochefoucauld da segunda paixão em diante. Tão núbil que as mulheres, Deus as abençoe, não podem resistir a eles, Deus as ajude. Exceto é claro aquelas destinadas meramente à reprodução e inocentes de alma, que preferem, como menos passíveis de perturbá-las, os êxtases mais pontuais e equilibrados de um contador credenciado ou um leitor de editora. Agora Thelma, por mais que deixasse a desejar, não era uma donzela-reprodutora. Tinha pelo menos o anagrama de uma cara boa, enquanto a alma, borbulhante ou calma conforme preferido, era sua especialidade. O que explica como Belacqua teve apenas que resistir ao *não* e seus derivados para conseguir que ela voasse no final, como uma andorinha para o seu beiral ou uma gineta há muito perdedora descendo no sorvedouro de um pelotão, para dentro do seu abraço gélido.

O Sr. bboggs, por outro lado, era da opinião de Coleridge de que todo homem de letras devia ter uma profissão iletrada. Na verdade parecia dar um passo além de Coleridge quando afirmava, para vergonha da Sra. bboggs e de Thelma, a satisfação de sua filha mais velha Una, para quem um macaco já fora reservado no inferno, e a inquietação de Belacqua, que quando ele olhava ao redor e via o que chamavam de um poeta permitindo seu lero-

-lero interferir em seu negócio ele desenvolvia uma *Beltschmerz* de tanta intensidade que era obrigado a deixar a sala. O poeta presente, observando que o Sr. bboggs permanecia sentado, juntou coragem para exclamar:
— *Beltschmerz*, Sr. bboggs, senhor, ouvi-o dizer?
O Sr. bboggs jogou a cabeça para trás até parecer que sua papada ia arrebentar e cantou, no ligeiro tenor suave que nunca falhava em eletrizar aqueles que o ouviam pela primeira vez:

Um cinturão vestia
Toda vez que sentia
Dor na sua bebalegre-incursão;
Um químico espartilho
Pra cobrir seu peitilho
Quando o cuscuz disparava o canhão.

Belacqua disse num tom lastimoso para a Sra. bboggs, a avaliação sendo mais penetrante quando oblíqua:
— Nunca soube que o Sr. bboggs tivesse uma voz dessas.
Esse dom o Sr. bboggs, quando a papada, como um saco cheio de furões, se estabilizou depois de uma breve convulsão, seguiu degradando mais além:

Ele tomou qui*nina*...

— Otto — gritou a Sra. bboggs. — Basta.
— Clara como um sino — disse Belacqua — e nunca me disseram.
— Sim — disse o Sr. bboggs, — uma voz de verdadeira qualidade. Fechou os olhos e voltou aos banheiros de seus começos.
— Um bocadinho boa — concedeu.

— Boa, como assim! — gritou Belacqua. — Um verdadeiro órgão tridimensional, Sr. bboggs, senhor, dou-lhe minha palavra e honra.

A Sra. bboggs tinha um amante na Comissão de Terras, tanto era assim que certas damas mal-intencionadas do seu círculo de conhecidos não perdiam a oportunidade de insistir na notável disparidade, em relação não somente ao físico mas ao temperamento, entre o Sr. bboggs e Thelma: ele tão sanguíneo, tão loiro e sólido de todas as formas, propriedades que, observem, não eram nada menos verdadeiras de serem proclamadas sobre a Una dele; e ela um tal fiapo escuro de gente. Uma anomalia das mais extraordinárias, para dizer o mínimo, e dessas que mal podem ser ignoradas por qualquer amigo da família.

O suposto comborço, se não exatamente um daqueles burocratazinhos janotas que dão a impressão de ter vindo ao mundo vestidos por Austin Reed, apresentava alguns dos mais bem conhecidos diferenciais: a barroca no queixo, os brilhantes olhos castanhos caninos que são tão atraentes, a superfície sem rugas da vasta testa branca cuja área era pelo menos o dobro daquela da parte inferior do rosto, e ancorado ali por toda a eternidade a mecha encharcada que parecia estar secretando óleo de macassar para despejar em seu olho. Com seus saltos altos alcançava um metro e sessenta e cinco, seu nariz era comprido e reto e os sapatos um tamanho e meio mais largo para corroborar. Um tampão de bigode se encolhia nas narinas como um animal assustado diante da toca, ao menor sinal de perigo iria debandar para dentro de seu antro. Expelia as palavras com suave discriminação, como um confeiteiro espreme a cobertura num bolo. Tinha uma mente suja, enorme assertividade e habilidade com as mulheres, e um fecho de ouro para cada piada, moderna e antiga. Bebia apenas um pouco em público em nome da sociabilidade, mas compensava em particular. Seu nome era Walter Draffin.

Os chifres de Otto Olaf lhe caíam bem. Sabia tudo que havia para saber sobre Walter Draffin e o tratava com consideração especial. Qualquer homem que o poupasse de problemas, como Walter tinha feito por tantos anos, podia contar com sua estima. Assim o burocrata traiçoeiro tinha entrada livre na casa de North Great George Street onde, como no passado havia abusado daquele privilégio na cama de seu anfitrião, agora abusava de seu decantador. De fato estava sujeito a tantas satisfações vertiginosas em sua posição elevada na escada de Santo Agostinho, os feitos vergonhosos com a Sra. bboggs esquecidos no abismo, que o poder de dizer quando a si mesmo o abandonava completamente.

Bridie bboggs não era nada mesmo, nem como esposa, como Otto Olaf tivera o cuidado de assegurar antes de tomá-la como tal, nem como amante, o que se adequava ao gosto de Walter por moderação em todas as coisas. A menos que algum pequeno valor positivo fosse conferido a ela em nome da fascinação que parecia exercer sobre seu pessoal doméstico, cuja obstinação em serem empregados de uma patroa neutra ao ponto da idiotia emocionava aqueles outros que eram mais bem equipados e menos mal servidos de expressões de admiração que não eram isentas de malícia, sem dúvida.

A filha mais velha era muito sem graça. Pensem na sagrada Juliana de Norwich, à sua aparência acrescentem uma pitada de azedume, ao seu tecido umas duas arrobas de adiposidade, abstraiam a caridade e as preces, borrifem em vão com opopânace e assa-fétida e contemplem uma Una radiante depois de um Hammam e uma massagem facial. Mas apesar de tudo ela possuía um talento sobre o qual Belacqua não tinha palavras para expressar seu respeito, a saber, uma habilidade para tocar de memória, dado o compasso de abertura, qualquer sonata de Mozart que fosse, com precisão xilofônica e um mezzo forte regular que desdenhava observar a menor distinção entre as notas que eram significativas e as que não eram. Belacqua, ansioso por melhorar sua posição com Una, que o tinha e a tudo o que lhe dissesse respeito na maior das aversões, acompanhava esses feitos, sufocando de admiração, na edição de Augener; trabalho que, no entanto, logo aprendeu a se poupar.

Um passarinho segredou quando para Walter Draffin que, com a mão direita assim livre, puxou do bolso um cartão e leu, impresso em prateado sobre um fundo azul-celeste:

O Sr. e a Sra. Otto Olaf bboggs
solicitam o prazer da
Companhia do
Sr. Walter Draffin
no casamento de sua filha
THELMA
com o
SR. BELACQUA SHUAH
na Igreja de Saint Tamar
Glasnevin
no sábado, 1º de agosto,
às 2.30 da tarde
e depois
no nº 55 da North Great George Street

North Great George Street, 55   R.S.V.P.

Como parecia um epitáfio lido assim, com o terrível suspiro na pausa final de cada linha. E contudo, pensou Walter, extinguindo a presunção ao fazer isso, podia-se esperar um pouco de enjambement num convite para tal ocasião. Ha! Afastou a cabeça do cartão a fim de poder vê-lo como um todo. Uma típica produção de Bridie bboggs. O que é que o fazia lembrar? Um certificado de boa conduta e presença assídua da Escola Dominical da Igreja da Irlanda? Não. Tinham o dele na velha casa trancado na Bíblia da família, marcando o lugar onde as Lamentações terminavam e Ezequiel começava. Então talvez o cardápio de um Jantar de Confraternização de Ex-Alunos, incorporando as cores da Escola? Não. Walter soltou um pesado suspiro. Sabia que o lembrava algo, mas o que era esse algo, por cima e além de Bridie e de seu senso estilístico, ele não conseguia descobrir. Sem dúvida iria retornar quando menos esperasse. Mas sua piadinha do enjambement estava bem quente. Esfriou-a uma segunda vez. A única coisa que não gostava nela era ser ligeiramente recôndita, tão poucas pessoas sabendo o que era um enjambement. Por exemplo, não se poderia esperar que sacudisse o reservado de um bar. Bem, ele deve apenas colocá-la em seu livro.

Num envelope separado pelo mesmo correio recebeu um bilhete da Sra. bboggs: "Caro Walter, Tanto Otto como eu estamos muito ansiosos que você, como tão velho amigo da família, faça o brinde à saúde do feliz casal. Esperamos mesmo, caro Walter, e eu me sinto confiante, que você fará." Ao que ele se apressou em responder: "Cara Bridie, Claro que ficarei muitíssimo feliz e honrado em atuar."

Caro Otto Olaf! Embrulhado em suas mesas e cadeiras e permitindo-se ser enganado, como sabia, por Walter e, como pensava, por Belacqua. Que o Sr. Draffin, que prestou serviço, beba seu uísque; e Thelma, esse subproduto de um encontro amoroso, se conceda para quem lhe aprouver. Que haja um casamento de circo sem falta, sua casa invadida e sua mobília depredada. Os dias que viriam depois seriam de melhor descanso. Caro Otto Olaf!

Belacqua preparou-se para negociar um empréstimo suficiente para cumprir com as obrigações, que caíam pesadas sobre um homem de sua modesta condição. Havia o anel (o de Lucy redimido), os infinitos pagamentos relativos à cerimônia, obrigações para com o vigário, o sacristão, o organista, os sacerdotes oficiantes e os sineiros, o grande buquê da noiva, os pequenos arranjos das damas de honra, roupa de cama nova e outros haveres domésticos indispensáveis, para não falar mesmo nada do preço de uma rápida lua de mel, cujo fiasco, excursionando por Connemara num carro emprestado, ele não tinha nenhuma intenção de deixar estender-se por mais de uma semana ou dez dias.

O padrinho o ajudou a resolver isso, tomando umas.

— Não proponho — disse Belacqua, quando a média de seus cálculos independentes tinha sido aumentado em dez libras para as despesas gerais...

— Gerais! — casquinou o padrinho. — Muito bom!

Belacqua encolheu-se da maneira mais assustadora.

— Ou estou entendendo você mal — ele disse — ou você está se deixando levar.

— Perdão — disse o padrinho, — perdão, perdão. Sem ofensas.

Belacqua voltou a se enquadrar assim que pôde.

— Não proponho — retomou — insultar você com um presente nessa ocasião delicada.

O padrinho desagradou-se e contorceu-se com a simples sugestão.

— Mas — Belacqua se apressou em esgotar esse requinte de sentimento — se você se interessar em ter o manuscrito original do meu *Hypothalamion*, corrigido, autografado, datado, dedicado e encadernado em meia lombada com cantoneiras em pele de ovelha colorida pelo tempo, esteja muito à vontade.

Capper Quin, pois assim devemos chamá-lo, conhecido de seus admiradores como Peludo, de tão glabro, e das damas como Miúdo, de tão imenso, não era meramente um solteiro, e assim apto a servir Belacqua sem violar a etiqueta, mas também um dos escritores de futuro, o que justifica sua celeridade em segurar o chapéu de um membro da Associação dos Recortes. Agora ele engasgava de contentamento.

— Oh — arquejou — de fato eu... de fato você... — e empacou. Para construir uma frase com sujeito, predicado e objeto Peludo precisava de um lápis e uma folha de papel.

— Capper — disse Belacqua — não diga mais nada. Vou mandar aprontá-lo para você.

Quando Peludo acabou completamente de ofegar seu prazer, estendeu a mão.

— Bem — disse Belacqua.
— Cor-de-timo — disse Peludo, e empacou.
— Bem — disse Belacqua.
— Verde-salva — disse Peludo. — Estou certo?

No silêncio mortal que se seguiu a essa sugestão Peludo recebeu a impressão de que o espírito de seu patrono deixara a prisão, em liberdade condicional em todo caso, e já estava à procura de algo leve e lalari-lalará que fosse servir para cobrir sua própria partida quando Belacqua respondeu, numa voz borbulhante de emoção:

> Ouayseau bleheu, couleurre du temps,
> Vole à mouay, promptement

e rebentou em lágrimas.

Peludo se levantou e caminhou com suavidade penetrante até a porta. Tato, pensou, tato, tato, a necessidade de tato numa hora dessas.

— Estude seus deveres — soluçou Belacqua — e não me ligue depois das doze.

Os bboggs estavam reunidos em conclave.

— Thelma — disse Una com aspereza — faça a gentileza de nos dar sua atenção.

Pois os pensamentos de Thelma, gazeando as manobras complicadas requeridas de uma noiva branca-de-neve, tinham voado nas asas habituais para Galway, Gate of Connaught e o sonho de pedra, e mais precisamente para a Igreja de São Nicolau para onde Belacqua planejara, se não estivesse fechada quando chegassem, dirigir-se sem demora e ajoelhar-se, com a mão dela na direita dele afinal para uma variação agradável, e invocar, em cumprimento a um voto de longa data, os espíritos de Crusoe e Colombo, que se ajoelharam ali antes dele. Então sem dúvida, ao retornarem pelo porto para se integrarem a seu quarto na Great Southern, ela veria o sol afundar-se no mar. Como era possível lhes dar sua atenção com uma perspectiva assim abrindo-se diante dela? Ó o bem é contigo, e feliz serás.

Otto Olaf cantou uma cançoneta. A Sra. bboggs apenas ficou sentada, uma velha dama vazia e grande, a custo viva. Una batia na mesa bruscamente com um lápis grande. Quando alguma ordem foi restabelecida, alguma amostrazinha de atenção, ela disse, consultando sua lista:

— Só temos cinco damas: as gêmeas Clegg e as trigêmeas Purefoy.

Essa afirmação não foi contestada. Pareceu a Otto Olaf que cinco era um butim bastante respeitável. Teria sido considerado assim no seu tempo.

— Mas precisamos de nove — gritou Una.

Por um feliz acaso um pensamento então ocorreu à Sra. bboggs.

— Minha querida — ela disse — sete não seriam suficientes?

Por um triz Una teria abandonado a reunião.

— Acho que não — ela disse.

Que ideia! Como se fosse a rodada final do campeonato de futebol.

— Mas — ela acrescentou — não é meu casamento.

O tom irônico transmitido a essa concessão provocou Thelma a ficar do lado de sua mãe dessa vez. Em nenhum momento na verdade isso era uma coisa fácil, a Sra. bboggs sendo quase tão apartidária como o Papa Celestino V. Dante provavelmente teria desgostado dela por isso.

— Sou completamente a favor — disse Thelma — do mínimo que seja decente.

— É um quorum muito distinto — disse Otto Olaf — mais ainda do que nove.

— Como dama principal — disse Una — eu protesto.

Outra vez a Sra. bboggs veio em auxílio. Nunca estivera em tal forma.

— Então falta uma — ela disse.

— Que tal Ena Nash? — disse Thelma.

— Impossível — disse Una. — Ela fede.

— Então aquela mulher McGillycuddy — disse Otto Olaf.

A Sra. bboggs empertigou-se.

— Não conheço nenhuma mulher McGillycuddy — disse Una. — Mãe, você conhece alguma mulher McGillycuddy?

Não, a Sra. bboggs estava completamente no escuro. Ela e Una portanto começaram a esperar indignadas uma explicação.

— Desculpe — disse Otto Olaf, — sem ofensa.

— Mas quem é a mulher? — exclamaram mãe e filha juntas.

— Falei sem pensar — disse Otto Olaf.

A Sra. bboggs estava absolutamente pasma. Como era possível nomear uma mulher sem pensar? A coisa era psicologicamente impossível. Com a boca aberta e as narinas dilatadas ela arregalava impossibilidades psicológicas contra o ofensor.

— Vão torrar no inferno vocês duas — ele disse de súbito mau humor, — era só uma piada.

A Sra. bboggs, embora ainda inteiramente perdida, convenceu-se num instante a aceitar essa explicação. De fato estava extremamente tentada a lavar as mãos do caso todo.

— Proponho Alba Perdue — ela disse. Francamente era mais uma indicação que uma proposta.

— Esta é a última palavra dela — observou Otto Olaf.

Alba Perdue, pode ser recordado, era a linda garotinha de *Uma noite molhada*. Thelma, a quem Belacqua presenteara com sua versão daquele semirrecordado amor, mal podia disfarçar sua enorme satisfação. Quando o tumulto de seu sangue tinha se acalmado suficientemente, ela pronunciou, numa voz apenas alta o bastante para ser ouvida, esta hipérbole das mais depreciativas.

— Secundo isso.

Agora era a vez de Otto Olaf fazer perguntas.

— Ouvi dizer — disse Una, que, diferente de seu pai, conseguia dar uma resposta clara a uma pergunta clara, — me corrija, Thelma, se eu estiver errada, que era uma antiga chama do noivo.

— Então ela não vai atuar — disse o simples Otto Olaf.

Nem mesmo a Sra. bboggs conseguiu se conter de participar na explosão de hilaridade que se seguiu a essa tolice. Una em particular parecia prestes a causar um dano a si mesma. Tremia e perspirava da maneira mais atemorizante.

— Oh meu Deus — ofegou, — não vai atuar!

Mas a Natureza toma conta de si própria e um sonoro barulho de rasgadura foi ouvido. Una parou de rir e se manteve absolutamente quieta. Seu corpete tinha dado a vida para salvar a dela.

Belacqua esteve tão quiescente durante a quinzena que precedeu a cerimônia que quase parecia que estava para sofrer uma metamorfose completa. Tinha deixado todos os preparativos aos cuidados de Capper Quin, dizendo:

— Aqui está o dinheiro, faça o melhor que puder.

Mas antes de ser dominado por essa inércia, que procedia em parte da fadiga e em parte sem dúvida da necessidade de autopurificação, tinha se mantido ocupado de várias maneiras: arranjando um agiota, remindo o anel e procurando entre as bruxas duas para entrarem em acordo com o Sr. e a Sra. bboggs em nome da pândega nupcial. Na realização desta última tarefa Belacqua foi solicitado a aguentar todo tipo de recusa abusiva e suportar que a temperatura póstuma de Lucy fosse jogada na sua cara, como se ela fosse uma garrafa de Borgonha branco. Até que finalmente uma prima, tão distante que mal se podia crer, e uma espécie de Struldbrug improvável, a quem o pai de Belacqua costumava se referir como "o bom e velho Jimmy, o Pato", concordaram em fazer frente à situação. Hermione Näutzsche e James Skyrm eram os nomes desses dois morrinhas. Belacqua não pusera os olhos neles desde o tempo em que era um garoto prodígio.

Exceto por uma breve visita diária de Thelma, engolida como sendo tudo parte do jogo, o retiro de Belacqua era imperturbado. Os presentes de casamento afluíam, não para ele, pois não tinha amigos, mas para ela, e ela o animava dia após dia com o boletim de seu desenvolvimento.

Ela chegou uma tarde num estado de alguma agitação. Belacqua ergueu-se na cama para ser beijado, o que ele foi com tal voracidade inesperada que enfraqueceu antes do fim. Pobre sujeito, não vinha dando a devida atenção a suas refeições.

— Seu presente foi recebido — ela disse.

Para Belacqua, que estava reservando uma porção de cada dia para esplendores poliglotas, essa frase veio como um grande choque. Talvez o presente o reparasse.

— Chegou hoje de manhã — ela disse.

— A que horas exatamente? — disse Belacqua, relaxando os nervos no esgar habitual. — Isso é deveras importante.

— Que diabo — disse Thelma, toda a sua alegria perdida, — faz você ser tão insuportável?

Ah, se ele soubesse.

— Mas acontece — ela disse — que posso lhe dizer.

Belacqua pensou um pouco e então optou por não dizer nada.

— Porque — ela prosseguiu — a primeira coisa que fiz foi acertá-lo.

A verdade medonha despontou em sua mente.

— Um relógio não — implorou, — não diga que é um relógio de pêndulo do vovô.

— Do vovô e da vovó — disse ela — um relógio de época.

Virou a cara para a parede. Ele que nos últimos anos e com a aprovação de Lucy não tolerava um cronômetro de qualquer tipo em casa, para quem a divulgação local das horas era uma boa chicotada no cérebro a cada hora e até mesmo a sombra do sol um tormento, agora ter esse rastilho do tempo a ensurdecer o resto dos seus dias. Era o bastante para fazê-lo desmanchar o noivado.

Muito depois dela ter partido ele se virava e revirava até que o pensamento, como Deus aparecendo para uma alma no inferno, de que ele sempre poderia meter cavilhas no escape do monstro e virar sua cabeça mortal para a parede, chegou de manhã com o cântico dos pombos-torcazes. Então ele dormiu.

A qualquer hora Capper Quin estava aqui, ali e em toda parte, cuidando dos interesses de seu superior. Consciente de suas próprias limitações num assunto de uma distância tão remota da integridade da autoexpressão, ele contratou, com base numa modesta comissão repassada, para ajudá-lo nesse trabalho, um tal de Sproule, um corretor recentemente cortado de uma firma da Bolsa, cujos modos cativantes e familiaridade com os centros de compra ao norte do rio eram mais que preciosos. Bem cedinho no sábado fatídico encontraram-se para comprar os buquês, o grande para a noiva e os sete pequenos.

— A Sra. bboggs — disse Peludo, — devemos?

— Devemos o quê? — disse Sproule.

— Pensei que talvez uma flor — disse Peludo.

— Superfetação — disse Sproule.

Mostrou o caminho até uma floricultura perto da Mary Street. A proprietária, que tinha acabado de descobrir em seu estoque um antirrino com o embrião de um quinto estame, estava deveras satisfeita.

— Oh, Sr. Sproule, senhor — ela exclamou, — o senhor acreditaria...

— Bom dia — disse Sproule. — Uma orquídea grande e sete de seus melhores olhos-de-boi.

Agora Capper Quin, apesar de inadequado para fazer pechincha, foi agraciado com um sentimento de aptidão, e um tão agudo na verdade que pôde fazer-se claro em sua defesa.

— Em nome do meu cliente — ele disse — tenho que insistir em duas orquídeas.

— Certamente — disse Sproule. — Que sejam três, que sejam uma dúzia.

— Duas — repetiu Peludo.

— Duas orquídeas grandes — disse Sproule — e sete de seus melhores olhos-de-boi.

Como num passe de mágica as nove flores apareceram na mão dela.

— Quatro lotes — disse Sproule, — um, dois, três e um com as orquídeas.

Rapidamente equacionou endereços e remessas numa folha de papel.

— Pronto — disse, — a primeira coisa.

Agora ela mencionava uma soma que provocava no comprador grande divertimento. Apelou para Peludo.

— Sr. Quin — ele disse — estou acordado ou dormindo?

Ela não apenas tinha feito a conta certa, mas mencionou que tinha que viver. Sproule não conseguia ver a conexão. Beliscou a bochecha para se certificar de que não estava na Nassau Street.

— Minha cara senhora — ele disse — não temos que viver na Nassau Street.

Esse golpe enfraqueceu tanto sua adversária que ela o deixou colocar moedas em sua mão.

— Pegue isso — ele disse, numa voz eucarística, — ou largue.

O metal frio em sua palma quente, conjugado à depressão e à urgência de viver, resolveu a questão em favor de Sproule. Depois do que os combatentes apertaram as mãos com grande entusiasmo. Como poderia haver qualquer sombra de rancor quando estavam ambos plenamente satisfeitos de terem obtido a vitória?

Sproule, seus deveres no fim, recebeu a comissão no bar Oval, onde nada lhe bastaria a não ser que Peludo brindasse ao seu empregador com gim com hortelã.

— Cara feliz — disse Sproule. Tinha saído ileso da Grande Guerra.

A hiperestesia de Peludo era tão grande que o simples fato de estar em terreno com licença para bebidas, sem a menor referência às liberdades locais, tinha força suficiente para animá-lo. Agora portanto, sob a influência dessa situação, demorou-se com magnífica incoerência na contradição abrangida pela ideia de um feliz Belacqua e na impertinência de desejar que ele se rebaixasse a tal anomalia.

— Fornicação — vociferou — perante a Shekhinah.

Essa observação foi acompanhada e embelezada por um espasmo de tal repugnância apaixonada que não foi menos que um ato de caridade por parte do ex-corretor, que tinha familiaridade com os escoteiros e seus modos e sabia que poderia nunca mais passar por ali, substituir o copo cheio de seu companheiro agitado pelo seu copo vazio.

Na rua clara uma tristeza agridoce penetrou Sproule, doce na despedida, amarga no conhecimento de que seus préstimos não eram mais necessários.

— Adeus — ele disse, estendendo sua mão assustadora, — que a sorte se eleve com você no caminho.

Mas Peludo estava cheio demais, tomado demais pelos fumos de sua posição, para apertar, quanto mais responder. Deu um passo, como se fosse numa escada rolante de metrô, para dentro da corrente de pedestres e desapareceu. Sproule levantou os olhos tristes para o céu e viu o dia, suas horas excepcionais que não podiam ser contadas, na forma de uma Escoteira galante, reclinada entre as nuvens. Ela acenou para ele com o dedo indicador, como alguém preparando um exame em pianoforte, Grau Menor, na Escola de Música de Leinster. Fechando a mente com suavidade nessa visão deliciosa, sentindo-a na mente como uma esponja de vinagre de toilette numa febre, avançou para dentro do Oval em direção a ela.

Quem Peludo poderia encontrar no cimo da Metal Bridge senão Walter Draffin, fresco, saído de suas abluções efeminadas e tão impecável e afiado como uma machadinha recém-amolada no seu fraque de listras e cauda em miniatura. O sol brilhava forte em cima dele, no seu cocuruto langoroso, pois carregava na mão a cartola com a copa virada para baixo. Os dois cavalheiros eram conhecidos um do outro.

— É aqui que eu me posto — disse a criaturazinha, com um suspiro que fez Peludo procurar nervoso prisões e palácios ao redor, — e assisto à travessia do Liffey.

— Gatos de olhos azuis — citou o colossal Capper, sem nenhuma outra razão a não ser a de que a frase estivera passando pela sua cabeça e aqui agora tinha uma oportunidade de descarregá-la num sujeito espirituoso, — são sempre surdos.

Walter sorriu, sentiu um grande prazer, levantou sua carinha para o bondoso sol como uma criança a ser beijada.

— O tuco-tuco escavador — ele respondeu — às vezes é cego, mas a toupeira *nunca* está sóbria.

A toupeira nunca está sóbria. Um dito profundo. Peludo, tendo empenhado tudo o que sabia para dizer tanto, deixou pender a cabeça, um perdedor distinto, consolado pela certeza de que Walter levaria em conta a boa intenção. Pobre Peludo, compreendia uma porção de coisas, mas não conseguia fazer com que soubessem disso na ausência de uma bateria de materiais para a escrita.

— Aquele convite inqualificável — exclamou Walter, — além de tudo ser desprovido de enjambement!

Confirmou sua suspeita inicial por Peludo obviamente não ter a menor ideia do que ele estava falando. Não havia nada a fazer a não ser colocar isso em seu livro. O livro de Walter estava demorando muito a chegar, porque ele se recusava a encará-lo como algo mais que um mero monturo para o que quer que ele não conseguisse desabafar de maneira comum.

— Então lá vai você — ele disse — ajudar seu cliente feliz, e eu comprar uma flor para a lapela.

Isso, seguindo-se tão imediatamente à toupeira e ao enjambement, levou o cérebro de Peludo a ferver, e saiu de sua boca uma única palavra "rosa" como uma grande bolha.

— Vermelho-sangue e recém-nascida — disse Walter — para uma dor aromática. Hein?

Peludo, com o sentimento repentino de estar gastando o tempo do seu cliente e as suas próprias energias precárias com essa espécie de Stalin de borracha, despediu-se com uma brusquidão para lá de grosseira, deixando Walter a apreciar a enorme atividade central e ficar por ali como se fosse para arejar e secar seu topete. Um engraçadinho de passagem soltou uma moeda no chapéu vazio, ela caiu no rico estofo sem barulho e assim se perdeu a piada.

Na Parliament Street passava um enterro e Peludo não se descobriu. Muitos dos principais enlutados, consolando-se em grande medida com a reverência expressa por cada setor da comunidade, notaram com raiva nos corações que ele não o fizera, embora com certeza não fizeram alusão àquilo na hora. Que isso sirva de lição para os jovens, alheios talvez à tristeza, para se descobrirem toda vez que um enterro passar, menos num ato de respeito para com o defunto que de reconhecimento solidário aos sobreviventes. Num desses belos dias Peludo vai observar, de onde estiver sentado aguentando bravamente atrás do carro fúnebre num ajuntamento familiar, um trabalhador soltar uma mão da picareta ou um dândi alegre puxar ambas as suas dos bolsos, num gesto de mais valor e conforto que uma tonelada de lírios. Peguem o caso de Belacqua, que desde a consagração de sua Lucy usa um chapéu, contrariando sua disposição, pela chance remota de se deparar com um cortejo. O padrinho tinha recebido instruções para buscar em Molesworth Street o Morgan, veloz mas barulhento, emprestado pelo período da viagem da boa hora por um amigo dos bboggs. Nem precisa dizer que algum palerma o tinha estacionado tão para cima em direção ao final esteta que o infeliz Peludo, chegando do oeste no ponto dos táxis depois das complicações habituais da Duke Street, apressando-se pela sombreada calçada ao sul porque achava que não havia um instante a perder, entrou quase em desespero de algum dia encontrar a roda traseira solitária que fora aconselhado a procurar. Ficou muito aliviado ao entrevê-la por fim, no fim por um ou dois de uma fila, mas envergonhado também ao perceber um grupo constituído por garotinhos, desocupados e o ajudante oficial de prontidão reunidos ao redor e dando opiniões sobre o design estranho da máquina e sua performance. Manteve a cabeça no entanto e examinou o carro, como tinham estritamente mandado que fizesse, caso qualquer insígnia nupcial tivesse sido anexada, sem dúvida com a melhor das melhores intenções, a seu corpo, tal como uma bota, uma inscrição ou outra divisa vergonhosa. Satisfeito de que não havia nenhuma, içou sua vasta estrutura a bordo do peso leve o que por consequência reduziu o comentário entendido dos curiosos, com exceção do ajudante que se mantinha seríssimo e atento, a troças e risadas, ao balançar-se como uma concha de berbigão. Peludo, perguntando-se o que deveria fazer em seguida, ficou sentado vermelho e desesperado nos controles. As providências gerais para ligar um motor lhe eram familiares, e essas em todas as combinações imagináveis ele administrou infrutiferamente àquele, supostamente excepcional, embutido no Morgan. Os garotos estavam animadíssimos para empurrar, os desocupados para dar uma rebocada, enquanto o ajudante não pôde ser impedido de inundar o carburador e chacoalhar o motor, que pegou da maneira mais perversa e inesperada com uma explosão que quebrou o braço do pobre sujeito prestativo. Peludo estava com o tempo tão contado que endureceu o coração até a consistência do de um Übermensch, rugiu o motor e se encontrou abruptamente, num paroxismo de mergulhos e trancos, dobrando a esquina da Kildare Street debaixo da proa de um ônibus, que felizmente não fez mais do que remover a placa traseira e assim fornecer, não apenas um exemplo nítido de justiça poética, mas o núcleo de uma compensação ao ajudante de asa ferida.

Todos esses pequenos encontros e contratempos acontecem numa Dublin inundada de sol.

Belacqua havia passado uma noite excelente, como sempre fazia quando condescendia em atribuir um valor preciso ao conteúdo de sua mente, não importando que fosse alegria ou tristeza, e não acordou quando Peludo estancou a máquina debaixo de sua janela na cruel batida do meio-dia. Muita bebida em segredo na noite anterior pode ter contribuído para esse torpor, mas dificilmente se é que o fez; pois muitas e muitas vezes quando cambembe, e simplesmente porque as forças de sua mente não se resolviam, ele tinha se virado de um lado para o outro como a Florence de Sordello e achado todas as posições dolorosas.

Abriu os olhos queimando sobre Peludo, levantou-se, banhou-se, barbeou-se e bem vestiu-se, tudo em silêncio e sem a menor ajuda. Jogaram a mala pronta no poço do Morgan. Belacqua parou de frente para o psichê.

— É uma coisa pequena, Peludo — ele disse, e sua voz, depois de um silêncio tão longo, arranhou seu ouvido, — que separa os amantes.

— Não uma cadeia de montanhas — disse Peludo.

— Não, nem as muralhas de uma cidade — disse Belacqua.

Peludo deu uma arremetida de condolências para o companheiro, simplesmente não pôde se conter, e foi repelido.

— Estou bem aqui atrás? — perguntou Belacqua.

— Você sabe o que é — disse Peludo, afirmando assim e com uma clareza totalmente incomum nele sua independência e intolerância a todos os aspectos posteriores, — você perece em sua própria plenitude.

Belacqua afastou os lábios pressionando-os com o dedo indicador.

—Ah se o que eu amo — ele disse — estivesse na Austrália.

Capper o companheiro fiel simplesmente apagou-se, pelo menos para os fins da conversação.

— Enquanto o que estou à procura — disse Belacqua, perseguindo o que parecia ser o fio de seu pensamento, — não está em lugar nenhum até onde consigo enxergar.

— Vobiscum — sussurrou Capper. — Estou certo?

Uma nuvem obscureceu o sol, o quarto ficou escuro, a luz refluiu do psichê e Belacqua, sentindo os olhos úmidos, deu as costas para a imagem embaçada de si mesmo.

— Lembre-se — ele disse — falo com verdade agora que acabei para o charleston: *Dum vivit aut bibit aut minxit*. Tome nota disso agora.

O escroto do Quaker!

Então, dirigindo pelo Centro da cidade se deu conta de que uma lapela vazia seria a gota d'água sem dúvida. De modo que entrou numa floricultura e saiu com uma borla roxa de verônicas, fixadas na lapela errada. Peludo olhava fixo. O que o surpreendia não era tanto a quebra de etiqueta quanto a imprudência de se casar num paletó reformado.

Um hotel pestilento foi a parada seguinte. Peludo trocou de roupa e mais do que nunca ficou parecendo o rei sarnento dos animais. Belacqua almoçou frugalmente cerveja preta e cebolinhas, dificilmente uma refeição, alguém teria pensado, para um homem prestes a se casar pela segunda vez. Entretanto.

Na Igreja de Saint Tamar, apontada quase ao ponto da indecência, as damas, trajadas em tule justo como luva e exibindo os horríveis olhos-de-boi, acrescidas da Sra. bboggs, que escolhera gaze e um cacho de miosótis no peito, e Walter, muito trêmulo e exaltado, estavam aglomeradas no pórtico quando Morgante e Morgutte, para adotar a referência venenosa de Una, não de braços dados mas em fila indiana, se aproximaram. Todos exceto Walter foram pegos totalmente de surpresa pelo bafo do noivo. A Sra. bboggs enterrou a cara (pobre da Thelminha!) nos miosótis, as Cleggs ficaram vermelhas em uníssono, as Purefoys se amontoaram numa sombra, enquanto Una só se conteve por seu ódio a qualquer coisa da natureza do sacrilégio de cuspir ali. A senhorita Perdue achou o cheiro bem refrescante. O canalha e seu companheiro fiel avançaram para o coro e tomaram seus lugares ao lado do portão, o segundo à direita e um pouco para trás, segurando um chapéu em cada mão.

Os bancos ao sul estavam abundantemente guarnecidos com membros e aderentes do clã dos bboggs, enquanto os ao norte estavam vazios, salvo por duas figuras grotescas, sentadas muito afastadas: Jimmy o Pato Skyrm, um cretino idoso, ultrajante de grisalho, Lavallière e pulôver, chupando os dentes sem parar sobre um macarrão invisível; e Hermione Näutzsche, uma ninfomaníaca poderosamente corpulenta ofegando de preto e malva entre muletas consignadas. Seu hemisfério sexual faltante, apesar de uma busca afiada por toda sua vida, de algum modo nunca tinha entrado em sua órbita, e agora, explodindo como estava com cálcio em cada articulação, não tinha grandes esperanças de ser rematada naquele sentido interessante. Mal sonha ela com a tremenda agitação que produziu no ânimo de Skyrm, enquanto ele gorgoleja e masca o ar à distância precisa de um encantamento atrás dela.

— Ecce — sibilou Peludo, de acordo com o plano, e o coração de Belacqua deu um esbarrão desesperançado contra a parede de sua caixa, a igreja de repente uma jaula cruciforme, os buldogues do céu segurando a capela-mor, a procissão a ponto de soltar latidos no pórtico, os transeptos becos sem saída. O organista disparou para sua tribuna como um assassino e pôs em movimento as várias forças com que se poderia contar para amadurecer num alegre repique todas a bom tempo. Thelma, de aparência muito impressionante e ilegítima de pieds de poule cinza e verde, saia com fenda e inserções de piquê cor-de-rosa, varreu a nave no braço direito de Otto Olaf, em cuja cabeça desde que deixara a casa 55 um trecho se revolvia e agora não o desertava:

Beba pouco a cada hora,
No seu vinho água agora,
Podendo o copo dispense,
E vá embora na frente.

Velho e sábio Otto Olaf! Morreu por fim de um coágulo e deixou a adega para o comborço.

As damas, terminando na curiosa formação deltoide da Alba, a Sra. bboggs e Walter, adotaram a velocidade da noiva e a postura da dama principal, o que resultou num avanço ao mesmo tempo rápido e moroso, pois Una tomara consciência de uma deiscência incontrolável e mal-amanhada no tecido de sua tule. O pavor de que isso desandasse de vez enquanto ela se apertava para receber as luvas e o buquê de sua irmãzinha nojenta, além e acima de uma misantropia habitual agravada pela ocasião, fez com que parecesse, e daí a equipe de damas, completamente atravessada. Sempre excetuando a Alba que, refreando a velha dor no âmago das entranhas que parecia ser parte permanente de sua existência, dificilmente poderia ter se divertido mais se fosse a noiva em vez da dama deslocada. Também com Walter tão próximo de seus calcanhares ela se mantinha ocupada.

Sem ir tão longe a ponto de dizer que Belacqua se sentia Deus ou Thelma a soma da série dos Apóstolos, ainda assim havia de algum modo indeterminado transmitida à solenidade uma espécie ou tipo de radiância mística que Joseph Smith teria achado emocionante. Belacqua passou a aliança como um rato prendendo o sino no pescoço do gato, com uma rápida prece toda sua para que o nó do dedo marital de seu amor inchasse tanto contra a prova e garantia que a poupasse da dor de algum dia ler, inscrito na periferia interior dela: *Mens mea Lucia lucescit luce tua*. Seu estado mental era tão tenso e complexo neste estágio (nada surpreendente quando consideramos tudo pelo que ele tinha passado: a perda, obrigando-o a usar um chapéu em todas as estações; a doce e feroz dor da paixão pela senhorita bboggs; o longo retiro na cama que o aterrara num belo marasmo; a cerveja preta e as cebolinhas; e agora o sentimento de ser cauterizado com um sinal externo e visível) que poderia ser ligado àquele de sua querida falecida Lucy esperando pálida e sôfrega para escutar a segunda incidência de

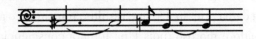

no primeiro movimento da Sinfonia Desabotoada. Digam o que disserem, não se pode manter um espírito morto submisso.

Falando de gatos, Thelma permaneceu durante todo o serviço felina e inescrutável e não ficou nem um pouco incomodada com a famosa passagem vitícola que tanto desconcertou, ou melhor enraiveceu, Belacqua que sua cara de travessa foi do natural desbotado ao escarlate e de volta outra vez passando pelo lívido. Deveria então se aproveitar da primeira... oportunidade para sulfurar sua noiva e assim ter certeza? Não, isso seria fazer uma sujeira na inocência do homem. E ter certeza de quê? Azeitonas? O absurdo da figura e todos os seus harmônicos como muscae volitantes lhe provocaram uma caçoada copiosa que teria posto cobro ao sacramento por completo se não fosse pela frieza e habilidade do padre que cobriu como se com a mão essa grosseria com uma coleta.

Falando de mãos, a direita de Thelma, enquanto dançava pelos passes do monte de três cartas recomendados na liturgia, tinham enfeitiçado totalmente o coro. O cura jurou que nunca tinha visto nada igual fora do Museu Rodin, isso fez o escrivão lembrar-se de uma vinheta de Dürer e o padre de sua incumbência, e isso indiciou Belacqua, tempestade de resmungos sufocados por ter de produzir olhos e gestos em sentido anti-horário por um período tão longo, com a frase cáustica de Maupassant: *filoxera do espírito*.

Finalmente tinham consentido juntos para além de qualquer possibilidade de cavilação, os queridos bem-amados ficaram depois quietos para sempre e então deixaram o choro vir num repente, e a interpretação de Otto Olaf de:

Esteja presente, terrível Pai!
Para esta noiva entregar

emocionara tanto o coração sidneiano de Skyrm que ele se transferiu, para o bem e para o mal, para o banco onde Hermione estava sentada como num banco de remador, e ali, sob a capa da emoção adequada a um parente, fossou e fungou o caminho para a afeição dela com uma avidez suína que só podia parecer horrível a qualquer pessoa decente não familiarizada com o fenômeno da cristalização. A sacristia acabara, suas assinaturas, deveres e barramentos, e a Sra. bboggs voltou para a 55, batendo a Delikatessen da musselina, quase antes que o organista tivesse recobrado o controle de seu instrumento. A Alba foi com Walter num táxi, Otto Olaf e Morgutte tomaram um bonde, os dois grotescos nunca souberam como chegaram lá, enquanto as damas, todas exceto Una que sabiamente se enrolou num capote e mendigou uma carona, ora elas apenas flutuaram a pé como fadinhas através das garridas vias públicas.

Essas são as pequenas coisas que são tão importantes.

Dizer que a sala de visitas estava apinhada seria fazer uma colocação moderada. Estava tesa de convidados. Otto Olaf achou-se na mais dolorosa de todas as posições possíveis, constrangido a ver sua mobília, seus entes queridos, sofrer e saber-se impotente para ajudá-los.

Havia algo tão brilhante e carnudo na assembleia, algo tão espiralado em sua disposição com a procissão frouxamente enrolada no meio esperando prosseguir, que Walter com vagar mas com certeza trouxe à mente um fresco de Benozzo e disse isso na sua grandifragrante voz para a Alba.

— Burro e tudo — ela respondeu, com uma amargura indescritível.

Una bateu o pé como uma ovelha e como ovelhas todos os presentes viraram caras assustadas para ela. De algum modo ela dera um jeito de reforçar e escorar a tule, mas agora tinha novos motivos de queixa, a saber, que o recém-casado par, que deveria ter chegado primeiro em casa e estar a postos para os cumprimentos, na verdade ainda não tinha aparecido. Assim levou-se a ação a uma parada total. Na sua atual situação sem cabeça a procissão não podia desenrolar-se para fora através da porta como combinado, e era óbvio que até a procissão desenrolar-se não poderia haver alívio para a congestão de damas e cavalheiros acidentais da qual ela era, por assim dizer, a mola mestra. Mas deixemos que o casal gazeteiro apareça e assuma seu posto e vejam a turba, como por mágica, marcar presença alegremente no almoço tomado de pé. No meio-tempo, que desperdício de boa saliva!

— Me levante, Sr. Quin — gritou Una, lançando, na raiva, a precaução aos quatro ventos.

Peludo olhou temerariamente para o busto da parceira, pois tão assim ela era na obediência às regras, eles juntos formando — para variar a imagem ligeiramente — o quarto elo desta amarra nupcial, na parte imediata de trás, isto é, da Sra. bboggs e Skyrm, que por sua vez inspecionavam os nacos maciços de Hermione, afundando-se e arriando-se nas muletas como em areia movediça, e o pobre Otto Olaf, tremendo em cada membro — olhava temerariamente para ele buscando um ponto de apoio ao mesmo tempo efetivo e respeitoso, alguma forma de chave de braço que não fosse familiar demais, embora com que propósito ela desejasse ser erguida ele não parou para investigar.

Mas antes que ele pudesse fazer uma bagunça com sua maneira vexada afogueada encorpada arquejante, uma grande perturbação, dominada pela voz de Belacqua erguida em xingamentos, fez-se ouvir no vestíbulo. Isso eram eles afinal, mas acompanhados por um autêntico Guarda Civil da mais alta patente compatível com o dever e o funcionário do estacionamento atingido, pálido como uma parede e apertando com toda a mão a placa maldita.

Otto Olaf meteu o cotovelo no vão da muleta de Hermione e soltou uma cotovelada. Ao ganhar assim a atenção dela, ele disse num sussurro arruinado:

— Meu pulmão direito é muito fraco.
Hermione deixou escapar um piozinho de terror.
— Mas o pulmão esquerdo — ele vociferou — vai muito bem obrigado.
— Acho — disse a Sra. bboggs para James Skyrm, cujas barbatanas faciais tinham começado a revolver o ar tão ferozmente que ela temia com receio que ele estivesse cogitando algum ato galante em favor de sua parente, — presumo e aceito que o Sr. bboggs faça e diga o que quiser em sua própria casa.

James, ao ser apresentado à questão sob essa luz, entrou na linha de vez.

O quepe inclinado do funcionário, sua faixa verde e harpa dourada, e o clangor embaixo em preto e branco dos cabelos e sobrancelhas revoltos, arrebataram tanto Walter que ele apenas teve de fechar os olhos para voltar a Pisa. Os poderes de evocação desse irlandês italianizado eram simplesmente imensos, e se o seu *Sonhos com mulheres possíveis e passáveis*, mantido no estágio de *limae labor* pelos últimos dez ou quinze anos, algum dia chegar ao público, e Walter diz que está prestes a, devemos todos nos certificar de obtê-lo e dar uma olhada nele de qualquer jeito.

Belacqua insultou seu captor e acusador com a máxima ferocidade. Otto Olaf, depois Capper, rompeu as fileiras, o primeiro para fazer a paz a todo custo, o segundo, com o coração rebentando, um desabafo. O funcionário foi bem depressa intimidado até admitir que seu ferimento resultara, não do exercício comum de suas funções, nem sequer ainda de qualquer ato de ajuda requisitado, mas pura e simplesmente do seu próprio zelo excessivo, enraizado sem sombra de dúvida na ganância.

Uma vaquinha foi feita e uma pequena soma, de modo algum para ser encarada como qualquer coisa da natureza de uma indenização, arrecadada caridosamente para seu conforto. Isso encerrou o incidente.

— Meu coração sangra por ele — disse Walter.
— De jeito nenhum — disse a Alba, — ele não tem seguro? Ela teve uma ideia repentina.
— Me leve para casa — disse para Walter.

Walter explicou que estava metido num brinde, depois do qual, se a proposta ainda estivesse de pé, ele ficaria muito feliz em poder levá-la para casa. Iriam por um dos caminhos mais longos que ele adorava.

— Não faço promessas — disse a Alba.

O almoço foi uma enorme decepção para todos os envolvidos — alguns barriletes de melaço com fiapos de palha do gelo. Belacqua fechou os olhos e viu, com mais clareza que nunca antes, uma chopeira. Os docinhos foram racionados e depois Thelma se recusou a partir o bolo. Era uma garota muito estranha. Duramente pressionada por Una e Bridie, apelou para seu marido. Seu marido! Seu conselho para ela, bem franco, quando depois de grande dificuldade descobriu do que ela estava falando, foi que seria muito mais gentil cortar o bruto já que todos pareciam tão empenhados em que ela o fizesse. Entusiasmando-se pelo assunto, instou-a a aguentar só um pouco mais, logo estaria tudo acabado. O que tinha começado como um aparte bastante furtivo e apressado se desenvolveu agora num rematado tête-à-tête e quando finalmente Thelma se virou para fazer a gentileza encontrou o bolo em pedaços. Tinha sido enfeitado com botões de laranjeira. Os poucos que escaparam dos oneomaníacos ela juntou e escondeu no peito. Esses ela trancaria nos recessos mais longínquos de um cofrinho e prezaria enquanto respirasse, esses e suas próprias duas orquídeas e a verônica de Belacqua, cuja espiral de devoção apaixonada ela decidira proteger contra todos os que viessem, vogue la galère! O tempo poderia pulverizar esses mementos, mas pelo menos seus elementos pertenceriam a ela para sempre. Era uma garota estranhíssima.

Walter limpou as botas no Aubusson do império otomano de Otto Olaf, bateu no seu copo de Golden Guinea com seu mexedor de borbulhas para pedir silêncio e desembolsar seu discurso, num tom monocórdio de lingueta e roquete que nunca poderia ser desdito, como se segue:

"Está registrado que uma dama, membro da Câmara Baixa, e mulher casada ainda por cima, se pôs de pé, naqueles pés — pois era de ascendência dublinense — que Swift, repreendendo as mulheres de seu país por sua negligência pela égua de Shanks, descreveu como não prestando para nada melhor do que serem postos de lado, e declarou: 'Preferiria cometer adultério a tolerar que uma gota de bebida intoxicante tocasse meus lábios.' Ao que um padeiro grosseiro, reintegrado à participação no Trabalhista, retorquiu: 'Não preferiríamos nós todos fazer isso, Senhora?'"

Essa passagem de abertura estava abarrotada com densidade demais para ganhar o sufrágio geral. Para Otto Olaf fez efeito uns cinco minutos depois, levando-o a gargalhar de maneira histérica e incontrolada. A visão de Walter, abrindo caminho para lá e para cá pelos seus estofados como se estivesse enjaulado ou disputando uma eleição, tinha soçobrado todo o seu sistema nervoso e seu coração estava se enchendo rapidamente de maldade e loucura.

"'*Il faut marcher avec le temps*', disse um deputado da extrema direita. '*Cela dépend*', respondeu Briand com seu esgar sepulcral '*dans quoi il marche.*' Assim, não me importunem, Herrschaften, porque isso iria praticamente acabar comigo."

Deixou a cabeça pender, como um pelicano depois de uma longa viagem, arrebitou as pontas de seu bigode horroroso e arrastou e arredou os pés como alguém surpreendido num plano de ação desonroso.

— Ele perdeu a cabeça — disse a chefe das damas mal-intencionadas. Otto Olaf foi andando de lado até o carrinho das comidas. Una se sentou com grande ostentação num pufe.

— Me avisem quando ele começar — disse.

Os olhos de Thelma corriam de lá para cá em busca de botões de laranjeira, Belacqua observava Thelma e a Alba o observava. James e Hermione, embalados pelo melaço, estavam se experimentando diante de um tremó da Regência. A Sra. bboggs realizava manobras por uma posição vantajosa que pusesse tanto o marido como o amante dentro de seu campo de visão. O habitual homem precavido de roupas simples, colocando-se muito acima da turbamulta, lia seu jornal. Dois conversadores esplêndidos se encontraram próximos.

— Bêbado — disse o primeiro.

— Bem aceso — concordou o segundo, e trocaram um demorado olhar de entendimento.

Em justiça a Walter deve ser dito que ele estava longe de ser penetrado com essa fachada acovardada, atrás da qual tudo era propiciatório al fresco e a Shekhinah e a ele próprio, na mais chique cota de malha, tendo suas feridas pensadas pela Alba-Morgen e olhando através dos pomares o sol se pondo desajeitadamente nos baixios azuis. Voltando a si com um sobressalto, despojando-se de seu manto de desalento, falou as primeiras palavras que lhe vieram à cabeça:

Semper ibi juvenis cum virgine, nulla senectus
Nullaque vis morbi, nullus dolor...[61]

---

[61] Versão latina da Ilha de Avalon, famosa por suas belas maçãs, para onde o rei Arthur retornou depois de vitorioso. Clímax de várias referências anteriores neste conto. (N.T.)

A Sra. bboggs, já tendo estremecido ao ouvir o casquinar atrasado de Otto Olaf e observar seus movimentos sorrateiros ao visitar todos os bolinhos com cobertura de geleia do aparador, mal se surpreendeu quando ele abriu rapidamente fogo sobre o inimigo com eles. Mas Walter conseguiu bloquear tais projéteis banais, até agarrou um e o comeu, enquanto a força do velho, e com ela sua raiva, foi logo consumida. As artérias dele começaram a puir-se, com o resultado fatal mencionado acima, a partir desse momento.

— Ergo esta taça — disse Walter, estendendo-a bem baixo e um pouco para a esquerda diante dele como um broquel, — esta gloriosa copa, em nome daqueles presentes e dos muitos impedidos pela idade, doença, fraqueza ou compromissos anteriores de estar conosco, a você, caríssima Thelma, a quem todos amamos, e a você, Sr. Shuah, a quem Thelma ama e que sendo amado por ela nós todos amamos também tenho certeza, agora no limiar de sua felicidade, e a tantas e tantas consumações, terrenas e outras, que vocês tenham em mente.

Meneou o mexedor, deu em si mesmo um soco no queixo com a taça e bebeu.

— Fecho estes olhos — prosseguiu, fitando-os na Sra. bboggs e devolvendo a taça à sua base, — e vejo-os naquela ilha memorável, Avalon, Atlântida, Hespérides, Ui Breasail, não insisto, aninhados na siamesa ecceidade do amor purarfeito, comprazendo-se nos mais deliciosos arredores naturais. Ó possa aquela estrela, aquela radiante radical do seu desejo, não do meu, meus amigos, nem ainda do de vocês, pois não há duas estrelas, como nos diz São Paulo, em pé de igualdade em matéria de glória, deleitá-los sem cessar com inflexões legítimas!

Ele liberou o que restava da gloriosa copa.

— À gentil desordem e proteção do himeneu nós os confiamos, agora, daqui por diante e para sempre. Slainte.

Esse foi o final do discurso de Walter, e um final muito bom para um discurso tão ruim todos acharam que foi; mas como ele permanecia ereto no otomano numa pose extasiada e suspensa, saboreando os aplausos, Belacqua supôs que ainda havia algo por vir e então se assustou ao ouvir a voz de Una, a quem a menor semelhança de procrastinação lançava invariavelmente no mais terrível furor, chamando-o com petulância para fazer o necessário:

— Agora Sr. Shuah, é agora Sr. Shuah, estamos esperando vosmecê, Sr. Shuah.

Esse sórdido puxão fez seu agradecimento ser bem menos cordial do que pretendera. Ele o fez de onde estava, na voz branca da qual era mestre:

— Tenho de agradecer: a Senhorita bboggs, que a partir de agora pode ser chamada assim sem a menor ambiguidade, pelo seu como sempre oportuno lembrete; ao Sr. Draffin, pelas amáveis torrentes de lítotes; ao Sr. e Sra. duplo bê minúsculo, pela sua aBundância; às damas, com uma menção especial a Belle-Belle sua líder, por seus finamente calculados ofícios neste dia, algo mais que mero sustentáculo e menos que *vis a tergo*; a Skyrm e Näutzsche, que folgo em observar ainda não terminaram de se mostrar à altura da ocasião; ao meu fiel amigo e padrinho, Miúdo Peludo Capper Quin, pendendo a balança, entra dia sai dia, para mim e para muitos, cujo corpo espiritual por agora é tenho confiança um *fait accompli*; a todo o pessoal da Igreja; ao Abade Gabriel; como aos muitos, em suma, que encontraram tempo para testemunhar e aclamar, em qualquer pequena medida, este instante do carrossel. Eleleu. Jou Jou.

Um estudante de Plutarco se achou ombro a ombro com um físico da escola moderna.

— Aí está ele — disse o primeiro — em resumo.

— Este mundo bivalve — disse o outro.

Seus olhos se encontraram e encheram-se de lágrimas.

Qualquer que fosse a pequena chance que essas palavras de Belacqua pudessem ter de satisfazer foi mais que cancelada por ele ter sido observado, numa mímica portmanteau de Selá e suspiro de alívio, a contar nos dedos cada agradecimento conforme era feito. Thelma marchou para a porta numa atmosfera de silêncio e choque, abriu-a e fechou-a atrás de si, e essa expressão de independência bem que puxou o tapete de baixo de Una, que planejara se sentar com um baque no pufe, justo no momento em que seus préstimos eram obviamente mais necessários, e assim tratar a noiva com franca desconsideração.

Peludo por outro lado, fiel até o fim à sua incumbência, apresentou-se prontamente para o dever.

— Dê o fora rápido — disse Belacqua — e leve-o para os fundos na alameda saindo da Denmark Street.

Os convidados estavam agora deslocando-se tesamente para a sala de estar, Walter e Otto Olaf polarizados num pega-pega acirrado sobre a pessoa da Alba, Otto Olaf sendo o pegador, enquanto Hermione e James, ele a empurrando numa poltrona de rodinhas funda-como-tumba, fechavam o séquito. Esse equipamento grotesco foi levado a deter-se na passagem em consequência da passageira ter colocado os pés no chão, se por gracinha ou fadiga deixemos para o leitor deliberar.

— Minhas muletas, Jim — ela disse.

Jim foi pegar as muletas, Walter refugiou-se com Hermione, a Alba pôs Otto Olaf para correr, Jim voltou com as varreduras, Hermione deu um jeito de colocá-las debaixo dela, Walter reuniu-se à Alba. Permaneceram todos quatro quietos onde estavam, na passagem, debatendo modos e maneiras, separadamente primeiro, depois, quando entreouviram que seus interesses coincidiam, juntos. Quatro cabeças são melhores que duas, oito que quatro e assim por diante.

Depois de um intervalo razoavelmente decente Belacqua se desculpou por um instante (como fez, pode-se lembrar, com o Poeta no Grosvenor), deixou a sala, saltou escadas acima, pegou sua noiva como um cossaco e a conduziu por caminhos clandestinos até embaixo no jardim que ficava atrás da casa. Abriu a portinhola para a alameda com a chave que seu amor esperara ingenuamente fosse facilitar a corte dele nos estágios iniciais, e em outro instante tinham ficado livres do abominável local quando o som de um matiz de ataque de pulmoeira no jardim fez com que ele desse meia-volta. Isso provinha daquele quarteto irrepreensível, Hermione, a Alba, Walter e James, perspirando, suplicantes, empreendendo sua fuga.

Belacqua parou como um espetáculo a ser contemplado, com uma sensação esmagadora de que tudo isso iria acontecer com ele de novo, num sonho ou numa existência subsequente. Então andou para um lado, Thelma para o outro, da portinhola, Caudine exit, dizendo a si mesmo, enquanto observava os fugitivos atacarem a porta de trás como mulheres subindo num bonde: "Está certo que os que são amados devam viver". Era a partir desse instante que ele costumava datar em anos posteriores a sua perda decisiva de interesse por si mesmo, como por um cacho de uvas fora de alcance.

Mas o alarme fora dado, rostos surgiram nas janelas, Una começou a bradar por destruição a ponto de explodir, os conversadores e o homem de roupas simples chegaram precipitando-se no jardim na vanguarda da perseguição. Belacqua jogou neles um tonel na forma de Peludo, trancou a portinhola por fora e confiou a si mesmo e a esposa ao Morgan, veloz mas barulhento.

Quanto aos outros quatro, não se sentiram seguros até alcançarem a Cappella Lane, maravilhosa cenoteca, em Charlemont House. Ninguém nunca iria pensar em procurá-los ali.

Lucy foi *atra cura* no banco de trás por boa parte do caminho até Galway.

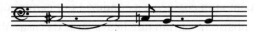

Todos pararam para um drinque. Thelma, como sempre do lado errado dele, começou a insistir que era a Sra. Shuah, pondo o coraçãozinho dele a palpitar. Virou para ela uma cara que nunca lhe mostrara.

— Já lhe contaram sobre um babilânio?

Ora, Thelma era uma garota corajosa.

— Um o quê, você disse? — ela disse.

Belacqua deu-se o trabalho de soletrar a palavra estranha.

— Nunca — ela disse. — O que é? Alguma coisa de comer?

— Oh — ele disse — você está pensando num baba.

— Bom e daí — ela disse.

Os olhos dele estavam ressecados, fechou-os e viu, mais claro que nunca antes, a mula, até os joelhos na lama, e escanchada nas costas dela uma cabra, açoitando-a com uma espada de madeira.

Mas ela não era apenas corajosa, também era discreta.

— Sua verônica — ela disse — que eu tanto queria, onde foi parar?

Ele bateu a mão no lugar. Que pena! a borla tinha pendido, puxado o caule para fora da casa, caído no chão e sido pisoteada.

— Foi-se — ele disse.

Foram adiante.

A CARTA DE AMOR DA SMERALDINA

BEL BEL MEU próprio belamado, *todossempre* e para *sempre* meu!!
 Sua carta está sopada de lágrimas a morte é a soumente coisa. Estive chorando amargamente, lágrimas! lágrimas! lágrimas! e nada m'is, então chegô a sua carta com mais lágrimas, depois de ter lido ela com ferequência e ferequência de novo vi que tinha manchas de tinta no meu rosto. As lágrimas estão rolando pelo meu rosto. É de manhã muito cedo, o sol está se levantarando atrás das árvores negras e logo isso vai mudar, o céu vai ficar azul e as árvores de um marrom dourado, mas tem uma coisa que num muda, esta dor e ess lágrimas. Oh! Bel eu amo você terrível, eu quero você terrível, eu quero seu corpo seu corpo branco macio Nagelnackt! Meu corpo precisa de você tão terrível, minhas mãos e lábios e peitos e tudo m'is em mim, às vezes acho muito difícil manter minha promessa mas tenho mantido até agora e vou continuar fazendo assim ateé a gente se encontrar de novo e eu poder afinal ter você, afinal ser a Geliebte. O quei é maior: a dor de estar longe umdoutro, ou a dor de estar umcoutro, chorando pela beleza umdoutro? Imgino que a última é a maior, do contrário iríamos tê perdido toda a esperança de algum dia ser algo m'is que desgraçados.
 Fui num Filme batuta ontem à noite, em primeiro lugar não teinha *nada* da abraçação e beijação comuns, acho que nunca

gostei ou me senti tão triste num Filme como nesse, *Sturm über Asien*, se chegar em Dublin, você tem que ir ver, a mesma Regie de *Der Lebende Leichnam*, foi realemente uma coisa bem difrente de todos os outros Filmes, nada a ver com Amor (como todo mundo entende a palavra) nada de garotas bobas fazerendo carinhas doces, quase tudo gente velha da Asien com caras maravilhosas, lagos negros e Landschaften grandiosas. Chegarando em casa tinha uma lua nova, parecia tão grandiosa em zima das árvores negras que me feiz chorar. Abri muito meus braços e tentrei imaginar que você estava deitarando nos meus peitos e olhando para mim como você olhou naquelas noites de luar quando caminhamos junto debaixo dos castanheiros grandes com as estrelas brilharando através dos galhos.

Conheci uma nova garota, muito bonita, cabelos pretos retintos e muito pálida, ela soumente fala egípicio. Ela me contou sobre o homem que ama, agora ele está na Amerika bem longe em algum lugar solitário e não vai voltar nos próximos três anos e não pode escrevê para ela porque não tem correio lá onde ele está e ela soumente recebe uma carta a cada 4 meses, imagine se a gente só recebesse uma carta umdoutro a cada 4 meses em que tipo de estado a gente estaria por agora, a coitadinha tenho muita pena dela. Fomos a um chá-baile das 5 horas, foi bem chatou mas bastante divertidou ver as pessoas não pensarem em nada só no que vestiam e os homens arrumando as garavatas cada 5 minutos. No caminho para casa eu d'repente entrei num estado terrível de tristeza e naum conseguia dizer uma palavra, claro que ficaram brigarando comigo, na hora naum mimportei nada, quando subi para o ônibus tirei um Livro pequeno e lápis e screvi 100 vezes: Belamado Belamado Belamado Bel Bel Bel, me sentia como se nunca tivesse desejado tanto na minha vida o homem que amo, estar com ele, com ele. Eu quero você tanto em todo senso da palavra, você e soumente você. Depois que desci do ônibus e estava andando pela rua, gritei wahnsinnig! wahnsinnig! wahnsinnig! Frau Schlank trouxe sua meia e isso me fez chorar mais que nunca. Não acho que vou mandar pra você, vou botar na minha gaveta com a sua doce carta. Recebi também uma carta de um homem que me chamou para sair com ele para dançar sábado à noite, imgino que vou. Eu sei que o meu belamado naum simporta e faz o tempo passar mais depressa, o homem é meio bobo mas dança muito bem e tem a altora certa para mim. Uma paquera é bastante divertidou, mas naum deve passar disso.

Depois encontrei o velho com o cachimbo e ele me disse que eu tinha uma carta azul e depois o gordo com as chaves na passagem e ele falou Grüss Gott mas eu naum ouvi.

Logo vou contar as horas ateé poder ir para a estação e encontrar você no meio da plataforma lotada, mas não acho que vou poder usar meu conjunto cinzento se fizer frio demais e então vou ter que usar o casaco de pele de Mammi. Você vai estar comigo no 23 não vai Bel, meu Bel com lindos lábios e mãos e olhos e rosto e tudo que você tem, e agora com seu pobre rosto ferido nenhuma diferença faria. Mais duas semanas de agonia, dor e tristeza! 14 dias mais oh! Deus e ess noites sem dormir!!! Por quanto tempo? Por quanto tempo?

Tive um sonho muito estranho noite passada com você e comigo numa floresta escura, a gente estava deitarando juntos numa trilha, quando d'repente você virou um bebê e naum sabia o que era o amor e eu tentava lhe dizer que eu amava você mais que qualquer coisa na terra mas você naum entendia naum queria saber de nada comigo mas era tudo um sonho então naum conta. Nem tem nenhum objetivo em eu tentar dizer quanto eu te amo porque nunca vou ter sucesso, eu sei disso de cereteza. Ele é o homem que eu todossempre procurei? Sim! mas então por que ele naum pode dar aquilo que eu estou desejarando nos últimos 6 meses? Com ferequência me pergunto o que você tem que me faz te amar tão grandemente. Eu te amo über alles in dieser Welt, mehr als alles auf Himmel, Erde und Hölle. Uma coisa que eu agradeço a Deus é nosso amor ser tão vasto. Eu com ferequência me pergunto quem eu sou para agradecer que você nasceu e a gente se encontrou, imgino que é melhor eu naum começar a tentar descobrir de quem é a culpa que você nasceu. Volta a dar na mesma coisa, e é isto, que eu soumente sei UMA COISA e é isto que *EU TE AMO E EU SOU TODOSSEMPRE SUA SMERALDINA* e esta é a soumente coisa que importa mais em nossa vida *VOCÊ ME AMA E É TODOSSEMPRE MEU BEL.*

Analiese está martelando o piano e há nenhuma paz então vou parar. Agora vou continuar a ler meu Livro chamado *Die Grosse Liebe* e depois talvez vá tentar mesforçar com a sonata de Beethoven, é a soumente coisa que pode me tirar da minha desgraça, adoro tocar tranquila para mim mesma à noitinha me dá tanto descanso.

Bel! Bel! Bel! sua carta acabou de chegar! Mesmo que você deixe de ser todo e todossempre meu!!! Oh! Deus como você pôde dizer uma coisa dessas, pelo amor do senhor não!!! pelo amor de deus naum sugira jamais uma coisa dessa de novo! Acabo de interrar a cabeça nas mãos e sopar sua carta de lágrimas... Bel! Bel! como você pôde duvidar de mim? Mein Ruh ist hin mein Herz ist schwer ich finde Sie nimmer und nimmer mehr. (Goethes Faust.) Senhor Senhor Senhor pelo amor de deus me diga direitamente o que egxactamente eu fiz. Tudo é indifrente para você? Evedentemente você não quer se preocupar com uma cabra como eu. Se eu naum parar de escrever, você naum vai conseguir ler esta carta porque vai ficar portoda de lágrimas. Bel! Bel! meu amor é tão vasto que quando sou apresentada a algum jovem e ele começa a dar uma de educado estremesso portoda. Eu *sei* pelo que estou viferendo, sua última carta está todossempre no meu peito quando eu acordo de manhã e vejo o sol se levantar. Ich seh' Dich nicht mehr Tränen hindern mich! Meu Deus! meu cachorrinho fiel! meu bebê!

Tenho de pegar uma ponta nova, esta caneta velha está cachorrada, não posso mais escrevê com ela, é aquela que comprei na Wollworth então você pode imaginar como deve ser boa.

Mammi queria que eu saísse para caminhar hoje à tarde, mas detesto caminhar, fico tão cansada de pôr um pé delibertadamente na frente do outro. Você se lembra do verão passado (claro que ele lembrar) e como era adorável ficar deitarando e ouvir as abelhas sunindo e os pássaros cantando, e a borboleta grande que passô perto, parecia grandiosa, era marrom escura com manchas amarelas e parecia tão bonita ao sol, e meu corpo estava bem marrom por *todo* e eu naum sentia mais o frio. Agora a neve está toda derretida e o bosque está tão negro como sempre e o céu está todossempre cinza exceto de manhã cedo e mesmo então soumente se pode ver manchas de vermelho entre as nuvens negras.

Minhas cabeleiras estão recente-lavadas e tenho um pouco mais de energeia do que de costume, mas ainda me sinto muito passiv. Pelomor de deus naum exagere e tente num ficar bêbado de novo, quero dizer daquele jeito faz você passar mal.

Vimos para casa de ônibus hoje de tarde mas naum fomos pelo caminho através dos campos com todas as pequenas trilhas porque a estrada grande foi consertada. Mammi todossempre pergunta de você. Ela diz que o tempo está *voando*, vai ter *nenhum* tempo ateé o Natal e ela diz que espera que a Frau

Holle faça a cama dela com ferequência. Ouvi ela dizer para Papai, me pergunto por que é que o namoro de Ivy e Bill me dá nos nervos quando eles saem juntos e o de Smerry e Bel nunca deu. Ela quiz dizer quando a gente sentava no colo umdoutro e por aí vai, acho que é porque o amor de Ivy e Bill não é de verdade, todossempre parece que tem algum tipo de afecção nele.

Maldigo o velho corpo todo dia tambéim porque tenho uma coisa danada na minha perna de modo que mala posso andar, num sei o que é ou como isso foi parar ali, mas está ali e cheio de coisa pro diabo com isso.

Ho-je é um dos dias em que vejo tudo mais claro que nunca e tenho certeza que tudo *vai* terminar *bem* no final.

Der Tag wird kommen und die stille Nacht!!!

Não sei genau quando mas se naum pensasse assim ia desabaratar com esta agonia, ess terríveis longas escuras noites e soumente sua imagem me consola. Gosto tanto da pequena estátua branca e fico desejando o dia em que você e eu vamos ficar desse jeito e sem terendo de pensar que tem alguém do lado de fora que pode entrar a qualquer minuto.

Arschlochweh casou e foi para a Schweiz com a esposa.

Você pede para eu lhe dar uma tareffa. Acho que derei uma tareffa bastante grande. Estou desejando ver a "coisa" que você escrevereu sobre minha "beleza" (como *você* a chama) devo dizer (sem querer nenhum cumprimento) não consigo ver muito sobre o que escrevê exceto a baboseira comum que os homens escrevêm sobre as mulheres.

Querido Bel tenho que parar. Minha cama está solitária sem mim e sua fotografia está esperando um beijo então é melhor eu dar paz aos dois. Logo tudo vai tomar um fim, você vai estar comigo e vai sentir aquela dor maravilhosa de novo que a gente sentiu nas montanhas escuras e o grande lago negro mbaixo e vai caminhar nos campos cobertos de prímulas e Flieder e vai segurar uma vez mais em seus braços

a sua triste belamada
S<small>MERALDINA</small>

P.S. Um dia mais perto da Noite feliz!!!

Amarelo

A enfermeira da noite pulou para dentro às cinco em ponto e acendeu a luz. Belacqua acordou se sentindo extremamente revigorado e disposto a combater com este novo dia. Tinha sublinhado, quando ainda um garoto inexperiente, uma expressão no *Tess* de Hardy, ganho com trapaça nos dados no Synod: *Quando a tristeza deixa de ser especulativa, o sono enxerga sua oportunidade.* Tinha manipulado essa frase por muitos anos agora, emendando seus termos, como alegria por tristeza, para servir a suas situações, até mesmo recorrendo a ela para suportar a tensão de certas aplicações para as quais ele temia que não tivesse sido destinada, e ainda se mantinha bem através disso tudo. Acordou agora com ela em sua mente, como se tivesse estado ali o tempo todo enquanto dormia, mantendo aquele lugar frágil contra os sonhos.

A enfermeira trouxe um bule de chá e um copo de sais fortes numa bandeja.

— Fiiu! — exclamou Belacqua.

Mas a moça durona preferiu desconsiderar isso.

— O que estão fazendo comigo? — ele perguntou.

— Você vai descer às doze — ela disse.

Descer...!

Ela saiu.

Ele bebeu os sais e duas xícaras de chá e danem-se todos eles. Então é claro que ficou bem acordado, coitado. Mas o que importava para ele, o que importava para o atrevido Belacqua? Apagou a luminária e deitou-se de novo de costas nesta hora mais escura, fumando.

Por mais que se saísse bem, estava numa situação horrível. Às doze em ponto seria passado na faca — ziiip! — com um bisturi. Essa era a ideia que sua mente por ora não estava em condições de entreter. Se essa ideia hunisca em algum momento se instalasse em sua psiquezinha na atual condição despreparada dela, de ponta cabeça depois da orgia de ansiedade de ontem e depois da boa noite de sono vindo coroá-la, seria aniquilada. A psiquê, não a ideia, que era exatamente o oposto do que desejava. Ele mesmo, justiça lhe seja feita, ele não se importava. Sua mente podia sucumbir que não dava a mínima, estava cansado da velha sacana. Mas a parte infeliz disso era que apareceria em seu comportamento, ele iria gritar e espernear e morder e arranhar quando viessem buscá-lo, implorar para a execução ser suspensa e talvez até molhar a cama, e que reflexo para a sua falecida família isso teria! As entranhas da antiga e grandiosa família huguenote, não poderia passar a perna neles assim. (Para não dizer nada de sua ansiedade natural de ser colocado nos eixos com o mínimo de azáfama possível.)

Meus sofrimentos sob anestesia, ele refletiu, serão refinados, mas não vou me lembrar deles.

Apagou o cigarro e acendeu a luminária, não tanto pela companhia da luz como a fim de adiar o romper do dia até poder se sentir um pouco mais seguro de si. O romper do dia, com sua sugestão de nascimento sórdido, ele não conseguia suportar. Categórico e tudo mais como ele era, não conseguia suportar a visão desse minucioso e quase, às vezes ele sentia, supérfluo parto.

Isso era simples loucura e bem sabia disso. Tentou com empenho curar-se, assustar-se ou sair gargalhando dessa fraqueza, mas sem resultado. Ficava cansado e dizia a si mesmo: sou o que sou. Este era o fim de todas as suas meditações e esforços: sou o que sou. Tinha lido a frase em algum lugar e gostado dela e se apropriado.

Mas Deus pelo menos era bom, como Ele normalmente é se soubermos como aceitá-Lo, desse modo, que seis horas separavam ele (Belacqua) do suplício, seis horas foram destinadas a ele nas quais maquiar a mente, como uma puta bonita o rosto para um inimigo. Levar uma lancetada no pescoço, sofrer as torturas dos condenados enquanto parecia dormir tão em paz como uma criancinha, não tinha importância, como a esperança poupada não eram, enquanto sua mente dominasse o pensamento sobre elas. O que tinha que fazer, e tinha com típico relaxamento adiado fazer até o último momento, era arranjar uma recepção calorosa em sua mente para o pensamento de todos os pequenos atos de bondade que deveria aguentar antes que o dia terminasse. Então seria capaz de fazer uma cara boa. Do contrário não. Do contrário iria morder, arranhar, etc., quando viessem buscá-lo. Agora a cara boa era tudo que o preocupava, a corajosa expressão diabo-quem-se-importa. (Exceto é claro que ele também estava ansioso para ficar bom com o mínimo possível de balbúrdia.) Não parou para se levar em conta neste assunto, a luz que o suplício iminente lançaria sobre seu eu irrevogável, porque estava realmente cansado daquele velho sacana. Não, toda a sua preocupação era com outras pessoas, o ascensorista, as enfermeiras e irmãs, o médico local vindo apagá-lo, o eminente cirurgião, o mão-na-roda à mão para limpar e colocar os pedaços no incinerador e todos os amigos de sua falecida família, que iriam desenterrar toda a verdade. Não se tratava dele, ele era o que era.

Mas esses forasteiros, as entranhas da família e assim por diante e por aí vai, todas essas coisas tinham de ser levadas em conta.

Um asmático no quarto de cima estava tossindo o coração fora. Deus te abençoe, pensou Belacqua, você torna as coisas mais fáceis para mim. Mas quando o infeliz dormiu? Durante o dia, o dia inteirinho, através da tensão do dia. Às doze em ponto estaria perfeito, ou, melhor ainda, apenas cochilando. No meio-tempo tossiu, como Crusoe labutou para trazer seus equipamentos para a praia, para ficar mais cômodo.

Belacqua encompridou o braço e apagou a luminária. Ela lançou sombras. Fecharia os olhos, tapearia o amanhecer dessa maneira. O que eram os olhos de qualquer maneira? Os postigos da mente. Estavam mais seguros fechados.

Ah se fosse bem-educado ou, na falta disso, intrépido. Sangue azul ou galo de briga! Mesmo se vivesse em sua mente tanto quanto se vangloriava. Então ele não precisaria de jeito nenhum penar assim para se aprontar. Então seria somente uma questão de encontrar uma posição confortável na cama estranha, tentar dormir ou ler um livro, esperar calmamente pelo angelus. Mas era um poltrão burguês indolente, muito talentoso até certo ponto, mas não equipado para a vida privada no melhor e mais brilhante sentido, no sentido ao qual se referia quando se gabava de como mobiliara sua mente e vivia lá, porque era a última vala ao fim e ao cabo. Mas preferia não esperar até então, imaginava que poderia ser mais sábio estabelecer-se lá de uma vez e não esperar até ser chutado para dentro dela pelo mundo, justo no momento talvez em que estivesse começando a se sentir em casa no mundo. Não poderia voltar para dentro do seu coração dessa maneira mais do que poderia manter-se de todo fora dele. Então agora não havia nada a fazer senão deitar-se de costas no escuro, e exercitar seu talento.

A menos é claro que escolhesse afligir os amigos de sua falecida família (para não dizer nada de talvez pôr em risco a cura pela qual os amigos de sua falecida família estavam pagando). Mas ele tinha demasiado senso de honra de dono de venda para isso. Melhor que deixar isso acontecer era ele persistir com sua psiquê, animaria sua psiquezinha para a ocasião.

Pobre Belacqua, parece estar passando uma manhã muito sem graça e aborrecida, preparando-se para a refrega dessa maneira. Mas vai compensar isso mais tarde, tem um período bom reservado para ele mais tarde, quando os médicos lhe tiverem dado uma nova concessão de apatia.

Qual era sua tática nesta crise?

Num aperto menor poderia ter-se contentado em fazer uma barricada na mente contra a ideia. Mas isso era na melhor das hipóteses um método desmazelado, já que a ideia, por mais ostensivo que fosse o inimigo e apesar da mais estrita vigilância, iria quase com certeza se insinuar mais cedo ou mais tarde debaixo das saias de um amigo, e aí acabava a brincadeira. Ainda assim, no curso comum da adversidade, teria sem dúvida se curvado à sua indolência natural e adotado esse procedimento, teria ficado contente de pensar simplesmente em outras coisas e esperar o melhor. Mas isso não era um arranjozinho qualquer, ele estava realmente fazendo frente a isso desta vez, não poderia ser questão de meias-medidas nesta ocasião melancólica.

Seu plano portanto era não recusar admissão à ideia, mas mantê-la à distância até que sua mente estivesse pronta para recebê-la. Então deixá-la entrar e pulverizá-la. Destruir a sacana. Rangeu os dentes na cama. Sacudir a —, rasgá-la em pedaços como um sacerdote. Até aqui tudo bem. Mas com que meios. Belacqua esquadrinhou sua mente atrás de uma máquina adequada de destruição.

Neste ponto crucial o bom Deus veio em seu auxílio com uma frase de um paradoxo de Donne: *Agora entre nossos sábios, não duvido que se encontrem muitos que ririam do choro de Heráclito, nenhum que choraria do riso de Demócrito.* Era um presente divino sem dúvida. Não a frase como um julgamento, mas seus termos, os extremos da sabedoria que enterneciam Belacqua. É verdade que não se importava com essas alternativas pretas e brancas via de regra. De fato até tinha chegado ao ponto de arriscar um paradoxozinho por conta própria, no sentido de que entre opostos nenhuma alternância era possível. Mas era o momento para um homem ser bonzinho? Belacqua agarrou avidamente a questão. Era para ser a risada ou as lágrimas? Dava na mesma no final, mas qual era para ser *agora*? Era tarde demais para se preparar para o luxo das duas. Agora num instante ele encheria sua mente com uma ou outra dessas duas ordens de raios, poderíamos dizer ultravermelhos e ultravioletas, e se prepararia para perfurar o adversário.

Realmente, pensou Belacqua, não consigo me lembrar de já ter passado uma manhã mais desoladora; mas jabuti quando tem pressa, este era um ditado verdadeiro, aprende a voar.

Nesta importantíssima conjuntura de seu delírio Belacqua encontrou-se piscando os olhos rapidamente, uma piscação uniforme, de modo que pequenas lascas de aurora jorravam em sua mente. Isso não tinha sido feito de propósito, mas quando achou que parecia beneficiá-lo de alguma maneira estranha continuou, até pouco a pouco o interior de seu crânio começar a doer. Então desistiu e voltou ao dilema.

Aqui, como de fato em cada ponto crítico do empreendimento, ele sacrificou o senso do que era pessoal e apropriado a ele à conveniência de causar uma certa impressão nos outros, uma impressão quase de galhardia. Tinha de se apagar completamente e bancar o soldadinho. Era essa consideração da mais alta importância que o fazia decidir-se a favor de Bim e Bom, Grock, Demócrito, como quer que gostem de chamar isso, e adiar seu escuro reverso para uma ocasião menos pública. Era uma abnegação se quiserem, pois Belacqua não conseguia resistir ao filósofo lacrimoso, e menos ainda quando, como era o caso de Heráclito, ele era obscuro ao mesmo tempo. Estava em seu elemento em lágrimas encardidas, e com mais luxo ainda quando eram fornecidas por um homem pré-socrático de reconhecida distinção. Quantas vezes não tinha exclamado, nuvens escuras no céu: "Outro minuto disso e consagrarei o resto da minha vida a Heráclito de Éfeso, serei aquele mergulhador delíaco que, depois da terceira ou quarta submersão, não mais retorna à superfície!".

Mas chorar neste ossuário seria mal interpretado. Todo o pessoal, da enfermeira-chefe ao ascensorista, iria cometer o erro de atribuir suas lágrimas, ou, talvez melhor, sua pose trágica, não às loucuras da humanidade em geral que é claro os incluíam, mas sim ao tumor do tamanho de um tijolo que ele tinha atrás do pescoço. Isso seria um erro muito natural e Belacqua não os culpava. Nenhuma culpa se aplicava a qualquer pessoa viva nesse assunto. Mas a notícia iria se espalhar que Belacqua, bem longe de sorrir e suportar, tinha se debulhado em lágrimas, ou estivera a ponto de fazê-lo. Então seria a sua desgraça e, por extensão, também a de sua falecida família.

Então agora seu procedimento estava claro. Iria armar sua mente com uma risada, uma risada não é bem a palavra mas terá que servir, em cada ponto, depois admitiria a ideia e a faria em pedaços. Nódoas, como depois de uma comilança de amoras silvestres, de hilaridade, que também não é bem a palavra, se colariam a seus lábios enquanto caminhava elegantemente, *ohne Hast aber ohne Rast*, para a sala de tortura. Sua bravura seria enaltecida de maneira geral.

Como procedeu para pôr esse plano em execução?

Esqueceu, não lhe serve mais pra nada.

A enfermeira da noite irrompeu sobre ele às sete com outro bule de chá e duas fatias de pão torrado.

— Isso é tudo que você vai receber agora — ela disse.

A vadia impertinente! Belacqua por muito pouco não lhe disse para meter lá.

— Os sais lhe falaram? — ela disse.

O doente avaliou-a enquanto media sua temperatura e pulso. Era uma coisinha apertadinha no capricho.

— Eles cochicharam para mim — ele disse.

Quando ela saiu pensou que morena em tudo sem defeito, e tão fresquinha também depois de ter passado a noite inteira para lá e para cá, às ordens da primeira velha matrona miserável que deixou cair o livro ou não consegue dormir por causa do barulho do trânsito em Merrion Row. Que diabo importava qualquer coisa de qualquer jeito!

Vergões pálidos no oriente para além do prédio da Comissão de Terras. O dia ia passando lindamente.

A enfermeira da noite voltou para pegar a bandeja. Era sua terceira aparição, se ele não estava enganado. Muito em breve seria rendida, iria fazer sua ceia e ir para a cama. Mas não para dormir. O lugar era cheio de barulho e luz demais àquela hora, sua cama uma geladeira. Não conseguia se acostumar a esse turno da noite, realmente não conseguia. Perdeu peso e seu rostinho ficou cavernoso. Também era muito difícil combinar qualquer coisa com o noivo. Que vida!

— Até mais tarde — ela disse.

Não havia como rebater isso. Belacqua procurou loucamente ao redor uma resposta que fosse agradá-la e fazer-lhe justiça ao mesmo tempo. *Au plaisir* era é claro a coisa certa, mas a língua errada. Finalmente decidiu-se por *suponho que sim* e disparou isso de uma maneira muito hesitante, quando ela já estava quase toda do lado de fora. Teria sido melhor conselho deixar pra lá e não dizer nada.

Enquanto ainda estava gastando seu tempo valioso se xingando de bobo a porta foi aberta de supetão e a enfermeira do dia entrou com um ruído poderoso e veloz de avental engomado. Ela tomaria conta dele de dia. Faltou pouco para ser bonita, essa presbiteriana de Aberdeen. Aberdeen!

Depois de uma conversinha obiter Belacqua soltou casualmente, como se a ideia tivesse acabado de lhe ocorrer, enquanto na verdade o estava atormentando insidiosamente há algum tempo:

— Oh enfermeira o W.C. talvez seja bom saber.

Assim, tudo de uma vez, sem nenhuma pontuação.

Quando ela terminou de lhe dizer ele sabia vagamente onde era o lugar. Mas escolheu estupidamente se demorar na cama com sua carga inquieta, tapeando-se de que seria mais decente não agir de imediato com informação tão íntima assim. Na ansiedade de preencher essa pausa ele perguntou a Miranda quando seria sua vez.

— A enfermeira da noite não lhe disse — ela disse abrupta, — às doze.

Então a enfermeira da noite tinha se mandado. A gracinha traiçoeira!

Levantou-se e saiu, deixando Miranda ocupada com a cama. Quando voltou ela tinha ido embora. Voltou para a cama feita.

Agora o sol, apegado a seus hábitos, brilhava através da janela.

Uma pequena Aschenputtel, banguela e bem-disposta, saltou para dentro com bastões e carvão para a lareira.

— Dia — ela disse.

— Sim — disse Belacqua. Mas recuperou-se de uma vez.
— Que quarto agradável — exclamou — todo o sol da manhã.

Não precisava mais nada para dar à Aschenputtel a medida dele.

— Muito agradável — ela disse amarga — bem no mê fogo.

Fez desabar a persiana.

— Apagando mê fogo bom — disse.

Era certamente uma maneira de encarar isso.

— Tive um velho aqui — ela disse — e ele podia estar roncando mas não me deixava abaixar a persiana.

Algum velho bocó a tinha contrariado, isso era patente.

— Nem por Deus — ela disse — então o que é que eu fiz?

Ela girou nos joelhos de costas para o fogo que estava acendendo. Belacqua mostrou-se interessado.

— O quê? — ele disse.

Ela se virou de volta para a tarefa com uma risadinha.

— Bloqueio com uma cadeira — ela disse — e a camisa dele nas costas dela.

— Ha — exclamou Belacqua.

— De novo ele acordava — ela exultou — sabe como é.

Riu-se feliz com a lembrança desse pequeno engodo.

— Deixei de fora bem direitinho — ela disse.

Ela falou e falou e o pobre Belacqua, com sua mente inacabada, teve que manter sua parte. De algum jeito conseguiu criar uma impressão muito favorável.

— Bem — ela disse afinal, numa toada indescritível — agora tchau. Até mais.

— Tá certo — disse Belacqua.

Aschenputtel estava de casamento marcado com o mão-na-roda Andy, estava há anos. Enquanto isso dava a ele uma vida de cão.

Logo o fogo estava rugindo chaminé acima e Belacqua não pôde resistir à tentação de se levantar e se sentar diante dele, vestido apenas com seu leve pijama azul 100.000 Chemises. A tosse lá em cima tinha diminuído muito desde que a ouvira pela primeira vez. O homem estava pouco a pouco se acomodando, não era preciso um Sherlock Holmes para entender isso. Mas na velha imponente parede amarelada, acossando-o do lado esquerdo, uma coluna de tom mais forte, representando o sol, estava girando fora de seu plácido sentido horário. Esse gotejamento de tempo, pensou Belacqua, como sânies num balde, o mundo quer um lavador novo. Iria fechar as persianas, as duas persianas.

Mas foi impedido pela entrada da enfermeira-chefe com o jornal matutino, isso, deus nos acuda, como meio de tirar sua mente daquilo. É impossível descrever a enfermeira-chefe. Ela era ok. Ela o deixava nervoso da maneira como se precipitava.

Belacqua ligou o fluxo:

— Que manhã agradável — irrompeu — um quarto agradável, todo o sol da manhã.

A enfermeira-chefe simplesmente desapareceu, não há outra palavra para isso. A mulher estava lá num instante e sumiu no seguinte. Foi extraordinário.

A enfermeira do centro cirúrgico entrou. Que quantidade de mulheres parecia haver neste lugar! Ela era um enorme e cru chateaubriand de mulher, como aquela na garrafa de Wincarnis. Deu uma olhada rápida no pescoço dele.

— Bah — caçoou — isso não é nada.

— De jeito nenhum — disse Belacqua.

— Isso é tudo?

Belacqua não se importava de todo com o tom dela.

— E um dedo do pé — ele disse — para tirar, ou melhor um pedaço de dedo.

— Em cima — ela gargalhou — e embaixo.
Não havia como rebater isso. Mas tinha aprendido a lição. Deixou passar.
Descobriu-se que essa mulher melhorava com o convívio. Tinha um jeito rude, mas era extremamente afável. Ensinava todos os seus pacientes mais capazes a enrolar as ataduras. Fazer isso bem com o pequeno molinete de mão maluco que ela forneceu não era nada fácil. O rolo ficava fusiforme. Mas quando a gente passava a conhecer os humores do aparelho, então ele podia ser persuadido a ceder os firmes e esbeltos carretéis, cilindros perfeitos, que a encantavam. Todos esses escravos dispostos que passavam pelas suas mãos, ela os adulava um de cada vez.
— Nunca tive ataduras tão justas e alinhadas — dizia.
Então, justo quando a amizade estabelecida nessas bases parecia prestes a evoluir para algo mais — como direi? — substancial, o paciente não mais que de repente estava bem o bastante para ir para casa. Algum destino maligno perseguia essa mulher esplêndida. Anos mais tarde, quando o resto do pessoal estivesse esquecido, ela vaguearia para dentro de sua mente. Ela convocou Belacqua para as ataduras.
Miranda voltou, desta vez com a bandeja dos curativos. Aquele formato de boca voluptuoso com a parte de baixo ultrapassando a de cima, os lábios cerrados, quase uma bocca romana, como tinha deixado de notar isso antes? Era a mesma mulher?
— Bem — ela disse.
Chicoteou o local com picrato e éter. Foi derrotado sem entender por que ela tinha de ser tão severa com sua pequena bossa de amatividade. Não estava séptica até onde sabia. Então por que a severidade? Meramente pela chance remota de chegar a ser a guimba de uma escavação? Era muito estranho. Não tinha nem sido raspada. Projetava-se por baixo dos pelos curtos como

o bico de um cuco. Ele acreditou que não faria mal. Realmente não poderia dar-se ao luxo de que fosse reduzida. Sua bossinha de amatividade.

Quando sua nuca estava tão enfeitada quanto a de uma noiva (tirando a mancha obscena do picrato) e tão apertada nas ataduras que ele sentia os olhos se esbugalharem, ela transferiu sua compaixão para os dedos dos pés. Esfregou a falange toda, de alto a baixo. Subitamente começou a prender uma risadinha. Belacqua quase deu-lhe um chute no olho, ficou tão chocado. Como ela ousava invadir o seu programa! Ele se recusando a sentir cócegas dessa maneira mesquinha e localizada, tentando com os dentes alcançar o lábio inferior e cavoucando as palmas, e ela se deixando levar, não tinha outra palavra para isso. Havia limites, ele sentia, para Demócrito.

— Um dedinho tão lang — ela dava risinhos.

Pai do céu, a criatura era bilíngue. Um dedinho lang! Belacqua engoliu sua cólera.

— Logo será syne — ele disse numa voz alta. O que à sua réplica faltava de engenho era compensado em estilo. Mas se perdeu naquela Medusa de granito.

— Um pé comprido — ele disse com amabilidade — eu sei, ou um nariz comprido. Mas um dedo comprido, o que é que denota?

Nenhuma resposta. A mulher era então uma cretina acabada? Ou não o ouviu? Ia cingindo ali com seu picrato urinoso e esfriando sua papa por antecipação. Iria experimentá-la de novo.

— Estou dizendo — rugiu — que esse dedo de que você gosta tanto será em breve apenas uma lembrança.

Não podia colocar em termos mais simples que esses.

A voz dela depois da dele mal se ouvia. Saiu assim:

— Sim — a palavra morreu e foi repetida — sim, os males dele estão quase no fim.

Belacqua desmoronou completamente, não pôde se conter. Essa voz distante, como um cor anglais chegando através do fim da tarde, e depois o *dele*, o *dele* foi a última gota. Enterrou o rosto nas mãos, não se importava com quem o visse.

— Gostaria — soluçou — que o gato ficasse com ele, se eu puder.

Ela não terminaria nunca com a atadura, não podia medir menos de uns duzentos metros. Mas é claro que nunca daria para deixar nada ao acaso, Belacqua conseguia admirar isso. Ainda assim parecia de algum modo desproporcional até mesmo para o comprimento do seu dedo. Afinal ela fez tudo se apertar ao redor da canela dele. Então arrumou sua bandeja e foi embora. Algumas pessoas saem, outras vão embora. Belacqua se sentiu como o rejeitado daquelas duas naquela noite num leito. Sentiu que tinha colocado Miranda de algum modo contra ele. Então era esse o meio tostão de tinta? Miranda de quem tanta coisa dependia. Merde!

Tudo era culpa de Lister. Esses malditos vitorianos felizes.

Seu coração deu um pulo enorme em sua caixa com a sensação fulminante de que ele estava totalmente errado, que a raiva lhe daria mais apoio que qualquer outra coisa, o riso parecia tão frágil, tão como uma lamúria no final. Mas pensando bem, não, a raiva iria desviar-se na hora H, deixando-o como um carneirinho. De qualquer forma era tarde demais para retornar. Tentou com cuidado sentir como seria ter a ideia na mente... Não aconteceu nada, não sentiu nenhum choque. Então pelo menos tinha espetado a bruta, já era alguma coisa.

Neste ponto ele desceu e teve uma evacuação verdadeiramente militar, de Corpo do Serviço Militar. Ao voltar não duvidava de que tudo ainda fosse ficar bem. Assobiou um trecho do lado de fora da sala de descanso. Não sobrava nada do seu quarto quando ele voltou exceto Miranda, Miranda mais prognata que nunca, enchendo uma seringa. Belacqua tentou fazer pouco disso.

— E agora? — ele disse.

Mas ela tinha a arma no traseiro dele e disparou antes que entendesse o que estava acontecendo. Nem um grito lhe escapou.

— Você ouviu o que eu disse? — ele disse. — Eu insisto, é direito meu, em saber o significado disso, o motivo dessa injeção, você está me ouvindo?

— É o que todo paciente toma — ela disse — antes de descer para o centro.

Descer para o centro! Havia uma conspiração neste lugar para destruí-lo, corpo e alma? Sua língua grudou no palato. Tinham dissecado suas secreções. Primeiro sangue[62] para a profissão!

As meias do centro eram o próximo pedacinho de excitação. Realmente o centro parecia estar se levando muito a sério. Para o inferno com suas meias, pensou, é a sua mente que quero.

Agora os acontecimentos começaram a se mover com mais rapidez. Antes de mais nada um anjo do Senhor veio em seu auxílio com uma história engraçada, realmente muito engraçada mesmo, sempre fazia Belacqua rir até chorar, sobre um pároco que foi convidado a fazer um pequeno papel numa montagem amadora. Tudo o que tinha que fazer era agarrar seu coração quando o revólver disparasse, gritar "Por Deus! Fui baleado!" e cair morto. O pároco disse que certamente, que ficaria felicíssimo, se não tivessem nenhuma objeção a que ele retirasse a fala "Por Deus!" numa situação secular como essa. Ele a substituiria, se não tivessem objeção, por "Abênção!" ou "Será possível!" ou alguma coisa do gênero. "Puxa vida! Fui baleado!", que tal?

---

[62] Primeiro sangue: refere-se ao primeiro ferimento que sangra e que decide quem ganhou um duelo. Prepara a anedota a seguir. (N.T.)

Mas a montagem era tão amadora que o revólver disparou de fato e o homem de Deus foi trespassado.

— Oh! — ele gritou — oh...! ...Por Cristo! *Fui baleado!*

Era uma benção que Belacqua fosse um intelectual metido a besta, desprezível e sujo da Igreja Baixa Protestante e capaz de rir dessa troça tonta. Rir! Como ele riu, com certeza. Até chorar.

Levantou-se e começou a se embelezar. Agora podia ouvir o asmático respirando se escutasse com atenção. O dia estava fora de perigo, qualquer bobo poderia perceber. Uma caixinha de papelão lacrada deixada na cornija da lareira atraiu seu olhar. Leu a inscrição: Ampolas Ferruginosas de Fraisse para Tratamento Intensivo de Anemia por Injeção Intramuscular. Marca Registrada — Mozart. O pequeno Hexenmeister de Don Giovanni, agora em sua pequena cela para sempre extraviado, dragado pela falta de sangue! Que coisa mais divertida. Realmente o mundo estava em grande forma nesta manhã.

Agora mais duas mulheres, elas não tinham fim, uma de certa idade, a outra não, entraram, repuxando seus punhos regulatórios enquanto avançavam. Lançaram-se sobre o leito. O oleado de proteção, a grade... Belacqua andava de lá para cá em frente à lareira, as barras do pijama enfiadas como as de um ciclista nas sinistras meias. Iria fumar mais um cigarro, sem ligar para o custo. Era impressionante, pensando bem, como a rotina toda deste lugar, até o detalhe mais ínfimo, era calculada até o último dedo do pé para promover um único fim, o alívio do sofrimento a longo prazo. Observem como ele pontua seus is agora e crucifica seus tês no mais alto grau de sua habilidade. Estava sendo reduzido a seus últimos trunfos.

Sub-repticiamente perscrutaram em seu rosto amarelo sinais de transtorno. Em vão. Era uma máscara. Mas talvez sua voz fosse tremer. Uma, aquela cuja vida tinha mudado, assumiu o encargo de dizer num tom choramingas:

— A Irmã Beamish não vai abençoá-lo por sujar as meias boas dela.

A Irmã Beamish não iria abençoá-lo.

A voz dessa pessoa estava em frangalhos, mas ela a maltratou mais.

— Que tal ficar em pé no tapetinho?

Sua mente se decidiu num átimo: iria ficar em pé no tapetinho. Iria satisfazê-las nesse quesito. Se se recusasse a ficar em pé no tapetinho estava perdido aos olhos dessas duas mulheres.

— Qualquer coisa — ele disse — para agradar a Irmã Beamish.

Miranda estava tendo uma manhã muito atarefada. Agora aparecia pela quarta ou quinta vez, ele tinha perdido as contas, com assistentes sombrias e tudo mais. O quarto parecia cheio de mulheres cinzentas. Era como um sonho.

— Se você tiver dentes postiços — ela disse — pode retirá-los.

A hora dele estava próxima, não havia que piscar diante do fato.

Descendo no elevador com Miranda sentiu os óculos sob sua mão. Isso era um acidente abençoado se quiserem, justo quando o silêncio estava ficando embaraçoso.

— Posso confiar esses a você? — ele disse.

Ela os colocou no peito. A criatura divina! Iria atacá-la em mais um minuto.

— É proibido fumar — ela disse — no centro cirúrgico.

O cirurgião estava lavando suas inestimáveis mãos quando Belacqua se pavoneou pela antecâmara. Aquele que possui mãos limpas há de ser mais forte. Belacqua ignorou o cirurgião. Mas lançou um sorriso deslumbrante para a Wincarnis. Ela não iria se esquecer disso apressadamente.

Pulou na mesa como um noivo. O médico local estava em ótima forma, tinha acabado de ser padrinho de casamento, todo paramentado debaixo das vestes. Recitou a exortação dele e apanhou a máscara.

— Você está bem? — disse *Belacqua*.

A mistura era rica demais, não havia dúvida quanto a isso. Seu coração estava correndo para longe, arrancos amarelos terríveis em seu crânio. "Um dos melhores", ouviu essas palavras que não se referiam a ele. A expressão o reassegurou. O padrinho arranhou sua torneira.

Por Cristo! ele morreu mesmo!

Esqueceram completamente de auscultá-lo!

Borra

Shuah, Belacqua, numa Casa de Repouso.
Embora fosse notícia velha para a Sra. Shuah, pois fora ela mesma que a inserira (por telefone), ainda assim sentiu, ao lê-la no jornal da manhã seguinte, um pequeno choque de surpresa, como ao abrir um telegrama confirmando com antecedência a reserva num hotel lotado. Então o pensamento dos amigos, da tristeza despretensiosa deles condimentando seus ovos com bacon, as primeiras expressões de solidariedade para com ela nessa grande perda modulando-se do mingau à geleia, de sussurros e engasgos a calmas ejaculações de bate-papo, numa dúzia de casas que ela poderia ter elencado, pôs-se em movimento através da economia de seu corpo, com resultados que claramente apareceram de imediato em seu rosto, as rodas do luto. Após o que ela ficou sem pensamento ou sentimento, apenas uma lama de neve, uma cenestesia lacrimosa.
Esta Sra. Shuah em particular, como declarado até aqui em todo caso, não se parece muito com Thelma née bboggs, nem é ela. Thelma née bboggs pereceu de pôr do sol e lua de mel naquela época em Connemara. Então pouco depois disso elas de repente pareciam estar todas mortas, Lucy é claro há muito tempo, Ruby devidamente, Winnie para a decência, Alba Perdue no curso natural de ser deixada em casa. Belacqua olhou ao

redor e a Smeraldina era a única vela à vista. Quase imediatamente ela fez a cabeça dele não simplesmente por amá-lo mas por querê-lo com uma tal quase gorgônea impaciência como a carta dela citada acima evidencia. Ela e nenhuma outra portanto é a Sra. Shuah que agora, depois de menos de um ano na intimidade ultravioleta do composto de efebo e mulher velha que ele era, lê no jornal que começara a sobreviver-lhe.

Corpos não importam mas o dela era mais ou menos assim: grandes peitos enormes, traseiro grande, coxas de Botticelli, joelhos para dentro, calcanhares quadrados, bamba, poppata, mamosa, babona-beiçuda, bebebebebeb, a verdadeira Weib rebenta-botão, madura. Então, empoleirada lá em cima fora de vista no topo desse prisma de toninha, a mais doce e pálida carinha de pássaro de Pisanello de todos os tempos. Era parecida com Lucrezia del Fede, pálida e belle, uma pálida belle Braut, com uma pele de inverno parecendo uma vela antiga ao vento. A raiz e a fonte desse borrão atlético ou estético de nariz de pássaro nunca perderam o encanto, a menos quando ele mesmo tinha uma coriza custosa, para a almofada e a unha do indicador de Belacqua, com o qual ele ia se aprofundando e sondando e furando o lugar exatamente como por muitos anos limpou seus óculos (êxtase de atrito!), ou sofria as sacudidelas e os estrangulamentos de apojatura e sufocações da Winkel-musik de Szopen ou Pichon ou Chopinek ou Chopinetto ou quem quer que fosse que a abraçasse com alma tão certo quanto seu nome fosse Fred, morrendo a vida toda (obrigado Sr. Auber) com um talento de quarto de doente (obrigado Sr. Field) e uma Kleinmeister's Leidenschaftsucherei (obrigado Sr. Beckett), ou ascendia através do Fulda ou do Tolka ou do Poddle ou do Volga conforme fosse o caso, e ele nunca sonhando que em cada uma e todas essas ocasiões estivesse sendo conivente com os mais iníquos excessos de um certo tipo de sublimação. O pequeno e desgraçado trapo molhado de lábio superior, focinhoachatando-se para cima e para trás no que quase se poderia chamar uma espécie de esgar de pato ou serpente para as narinas, era felizmente em alguma medida compensado pelo beicinho extravagante do seu companheiro e pelas mandíbulas avançadas para combinar — uma recuperação brilhante. O crânio dessa moça fornida tinha a forma parecida com uma cunha. As orelhas eram é claro conchas, os olhos túneis de reseda (a cor preferida dele) para dentro de uma mente sem minério. Os cabelos eram tão negros como tachos e cresciam tão grossos e baixos de través nas têmporas que a testa era reduzida a uma claraboia (exatamente o tipo de formato de testa que ele mais admirava). Mas que importam os corpos?

Ela saiu da cama estreita pelo lado errado, mas nunca tinha clareza em sua mente sobre qual era o lado certo e qual o errado, e foi para o quarto onde ele estava estendido, a bíblia grande embrulhada num guardanapo ainda estava embaixo de seu queixo. Ela parou ao pé da cama com seu pijama de chita com lótus, tão lustroso quanto aqueles olhos que ela não podia ver, e prendeu a respiração. A testa dele, quando ela se aventurou a colocar as costas da mão de través nela, estava muito menos fria do que esperara, mas isso sem dúvida era explicado pela sua própria circulação periférica, que era lamentável. Segurou as mãos dele, entrelaçadas, não no peito como teria desejado, mas mais embaixo, e as rearrumou. Mal tinha se abaixado nos joelhos dobrados depois de ter feito esse ajuste quando um espasmo de ansiedade, a menos que houvesse alguma coisa errada com esse cadáver do qual o rigor mortis tinha aparentemente passado ao largo, endireitou-a. Esperava que ele estivesse bem. Privada de sua prece, privada de um último e longo olhar para o rosto descontente, sua probidade insolente que cairia aos pedaços, ela se retirou para preparar as vestes de viúva, pois não daria para ser vista na chita com lótus. Preto combinava com ela, preto e verde sempre foram suas cores. Achou no quarto o que tinha em mente, um vestido etíope recortado e fendido com inserções esmeralda. Trouxe-o para a mesa de trabalho na janela abaulada aneliforme, sentou-se tremendo e começou a consertá-lo. Era como estar lá em cima no céu numa bolha, o sol escoando para dentro (através das cortinas), o azul todo a seu redor. Logo o chão estava coalhado de retalhos brilhantes, doía no coração arrancá-los, pareciam tão lindos. Nem uma flor, nem um doce de flor.

Uma inserção na Imprensa
Faz menos quantas para se fazer um vestido preto?

Estava tão triste e atarefada, os soluços eram tão rápidos em amadurecer e arrebentar em sua mente e o trabalho era tão bom que ela não notou um demônio gordo e fosco se aproximar da casa nem ouviu seus esforços ruidosos no cascalho para não incomodar. Subiu o cartão dele. Sr. Malacoda. Mui respeitosamente desejoso de medir. Um soluço, invés de arrebentar, murchou. A Smeraldina choramingou que sentia muito mas não podia receber esse Sr. Malacoda, não podia deixar o Patrão ser medido. Os traços leprosos de Mary Ann já eram muito maltratados com o habitual. Numa crise dessas, entretanto, ela valia por dez ou quinze da patroa.

— Veio ver o tamanho do Patrão — ela disse.
Imagine só ela notando isso!

— Então por que você não lhe diz isso — gemeu a Smeraldina — e deixa que ele faça o melhor que pode e não me venha aqui em cima me atormentar.

Que diferença poderia fazer uma polegada a mais ou a menos de um modo ou de outro? Não era o caso de regatear aragonita ou peperino. O caixão não ia comê-lo.

Mary Ann voltou ao tormento com a triste notícia de que o Sr. Malacoda estava naquele exato momento saltando escada acima com uma fita métrica nas garras pretas. A Smeraldina levantou-se assustada, agarrou a tesoura e começou a arremeter para a porta. Mas o pensamento da chita de toro segurou-a antes. Segurara de novo!

— Você poderia pelo menos me trazer uma xícara de chá — ela disse.

Mary Ann saiu do quarto.

— E um ovo levemente cozido — gritou a Smeraldina.

Uma pequena coroa, de copos-de-leite nem precisa dizer, chegou numa caixa — anônima. Essa a Smeraldina enterrou. Procurou o jardineiro, um desmazelo lento e ressabiado de homem com um bigode pingando, e o encontrou aguando de um modo aturdido e desconsolado um canteiro de cravinas-do-poeta infestado de míldio. Alguém tinha roubado a rosa dele, ele ceifava as flores com jatos duros de água. Ela o mandou correndo para o coração das montanhas com dois sacos para apanhar feto. Depois podia ir para casa. Ela mesma arrancou os ramos de um eucalipto.

O pároco chegou chacoalhando avenida acima em primeira marcha, confirmou seus piores temores com um rápido olhar para as janelas, deixou cair sua bicicleta de aço inoxidável com tristeza e raiva sobre o cascalho, e caminhou direto para dentro.

— Nunca conheci ninguém mais provido — declarou de maneira veemente — e tenho visto um bom bocado.

— Não — disse a Smeraldina.

— Distribuição automática — gritou. — Força lá do alto, estalando o polegar — assim. Encontrem-se no Paraízo.

— Sim — disse a Smeraldina.

— É só ele chegar — apertando as mãos e olhando para cima (por que para cima?) — lá onde não há tempo, que você irrompe sobre ele.

— Ele está bem — disse a Smeraldina. — Sei disso.

— Pois alegre-se — gritou o pároco.

Foi-se pedalando como a lançadeira de um tecelão (mas não antes que ela se comprometesse a se alegrar) para ministrar a Eucaristia, que sempre carregava em abundância numa pasta no suporte da bicicleta, para um endinheirado carneiro castrado rua acima cuja história estava no fim. Sete e seis por vez[63].

Capper Quin chegou na ponta dos pneus, num carro de sua propriedade. Estava às voltas com a viúva, simplesmente não pôde evitar. Era uma moça sensata em alguns aspectos, não tinha vergonha de deixar-se levar nos braços de um homem de seu próprio peso afinal. Separaram-se, cenoura arrancada de lata de graxa, e Peludo ficou em pé humildemente na sua frente, às suas ordens. Tinha melhorado muitíssimo, o comércio com as coisas da época o havia melhorado muitíssimo. Agora conseguia falar bastante bem, não tinha simplesmente que abandonar os períodos em desespero depois de uma ou duas palavras.

Ela ficou ao lado enquanto ele carregava o carro. Os sacos distendidos com fetos e samambaias; os ramos de eucalipto, aos pedaços para combinar com a ocasião, amarrados numa velha jaqueta de estábulo; um arbusto soberbo de verbena tratado do mesmo modo; uma tina de musgo; uma sacola de toletes de arame. Quando todas essas coisas tinham sido acondicionadas

---

[63] Sete e seis por vez: refere-se a 7 shillings e six pence, que equivale a pouco mais de um terço de uma libra. (N.T.)

com segurança e o carro apontado para a direção certa, Peludo seguiu guiado por ela para dentro da casa e assumiu sua posição, a virilha bem apartada, os pés enormes para os lados, patas inchadas espalmadas dois nacos balouçantes de lastro de sangue, mamas abortadas muito em evidência, olhar fixo à frente. Até a Irlanda tem alguns animais, agora geralmente vistos como variedades, mas que têm sido classificados como espécies por alguns zoólogos. Sentiu seu rosto melhorar conforme a tristeza moldava as feições.

— Posso vê-lo? — sussurrou, como um padre pedindo um livro na biblioteca do Trinity College.

Ela se deixou amparar subindo as escadas, indicou o caminho para a câmara mortuária como se pertencesse a ela. Divergiram, o corpo estava entre eles na cama como as chaves entre as nações em *As Lanças* de Velásquez, como a água entre Buda e Peste, e assim por diante, hífen da realidade.

— Muito bonito — disse Peludo.

— Acho que muito — disse a Smeraldina.

— Todos são — disse Peludo.

Derrame uma lágrima, maldito seja, ela pensou; eu não consigo. Mas ele fez ainda melhor, conteve um balde inteiro cheio delas. Seu rosto melhorou rapidamente.

Encontraram-se de novo ao pé da cama, como paralelas feitas em nome da argumentação, e ocuparam esse novo ponto de observação com as cabeças unidas até a Smeraldina, sentindo o absurdo da posição, desprender-se, deixar o quarto e fechar a porta atrás de si, sobre os moribundos e os mortos.

Peludo sentiu que cabia a ele agora sentir alguma coisa.

— Você está mais quieto que húmus — disse na mente, — você vai dar às entranhas da terra uma velha lição esquisita sobre a quietude.

Isso foi o melhor que pôde arranjar na hora. Mas seguramente entranhas dificilmente era a palavra certa. Foi onde a rainha Anne teve gota.

As mãos piedosas no esterno estavam impróprias, paladino defunto, absolvido da campanha bem-educada. Peludo estendeu seus braços infinitos e deu um puxão nos membros marmóreos. Dois substantivos e dois adjetivos. Nem uma mexida deles. Que estúpido da sua parte.

— Isso é final — pensou.

Belacqua com frequência antecipara com prazer encontrar-se com as garotas, Lucy especialmente, santificada e transfigurada para além do véu. Que esperança! A morte já o havia curado dessa ingenuidade.

Peludo, ansioso como estava para reunir-se à Smeraldina enquanto o rosto estava no seu melhor, antes que recaísse no bolinho do dia a dia, pudim de bife e rim, teve um trabalhão para se arrancar dali. Pois não conseguia se desvencilhar da impressão de que estava deixando escapar uma ocasião rara de sentir algo realmente estupendo, algo que ninguém nunca sentira antes. Mas o tempo urgia. A Smeraldina pateava o chão, seus próprios traços estavam minguando (ou, talvez melhor, crescendo). No fim fez sua despedida sem se ajoelhar, sem uma prece, mas com o cérebro bastante prostrado e suplicante diante desse primeiro fato de sua experiência. Isso pelo menos era algo. Teria acolhido bem um longo Largo, de notas negras de preferência.

No cemitério a luz estava enfraquecendo, a selenita do mar lavando os incontáveis dedões virados para cima, as montanhas trigueiras de Uccello por trás das pedras tumulares. O colinho mais bonitinho de terra que você já viu. Peludo afastou o telhado de tábuas do fosso novo em folha e desceu, desceu, desceu pelas escadas estreitas cuidadosamente não removidas pelo encarregado. A cabeça dele veio parar abaixo da superfície da terra. Que nervos o homem tinha com certeza. O significado disso se perdeu para a Smeraldina, ela meramente se agachou na borda.

Bem, para encurtar uma história comprida, o par deles entre eles, ela alimentando-o de cima, estofaram a cova: o chão com musgo e samambaias, as paredes com a folhagem proeminente. Lá embaixo o barro era tão duro que Peludo teve que meter o sapato nos toletes. No entanto, fizeram um ótimo trabalho, nem um pedaço de barro aparecia quando terminaram, tudo era viço, verde e o mais doce odor.

Mas logo seria noite negra e escura, um vento frio levantou-se, os estertores da luz começaram nos sopés das colinas, a selenita virou cinzas. A Smeraldina estremeceu, o melhor que podia. Peludo, dando uma última olhada no seu trabalho manual, estava tão conchegado quanto um pulgão num tapetão. Belacqua jazia morto na cama com o escárnio atemporal na cara. Peludo saiu do buraco, puxou os degraus atrás dele, repôs as tábuas e esfregou as mãos com um suspiro, trabalho terminado, trabalho de amor, dever doloroso.

De súbito o encarregado estava lá, um belo homem em frangalhos, tão bêbado como sabia ficar, dando sentido à terra consagrada. Estava emocionadíssimo com as atenções deles, sem paralelo em sua experiência dos abandonados. De sua parte podiam contar com ele para trabalhar até os ossos pelo defunto, que conhecera bastante, não apenas quando homem, mas quando menino também. A Smeraldina teve uma rápida visão de Belacqua menino, trepando para cima dos lariços, o peito se expandindo para o mundo.

Peludo se sentindo pai, irmão, marido, confessor, amigo da família (que família?) e o inevitável algo mais, pegou no pesado com o encarregado cambaleante. A Smeraldina valorizou. Belacqua, idealizado de modo horrendo, fez da viúva e de seu imenso acompanhante, que agora andava a passos largos, quatro adoráveis ouvidos moucos, rostos inclinados levemente para o céu estrelado, unidos neste assunto sórdido.

— Para casa, Peludo — ela disse.

Peludo apressou o passo, envolveu-a, ajudou-a no caminho.

— Não estou vendo a lua — ela disse.

Como uma caixinha de surpresas o satélite fez-lhe a vontade, deixando cair sua escada brilhante até a praia. Ela tinha uma longa e solitária subida pela frente.

O encarregado, ferido em seus brios, consciente do lumbago, sentou-se nas tábuas e abaixou a garrafa de cerveja preta. Uma Guinnesszinha Aguadinha, estupidificante cerveja preta. Tinha perdido o interesse por todos os mistérios surrados, passara do ponto de se importar. Apurava o ouvido para o futuro, seu futuro, e o que ouvia? Todos os antigos temas furados recorrendo, arrastando-se pelo agudo para fora do som. Muito bem. Que a essência de seu ser ficasse onde estava, na bebida e nos harmônicos da bebida, aceitos alegremente como a expressão última de sua impassibilidade. Levantou-se e verteu água contr'um cipreste.

Naquela noite Peludo deitou-se na cama, virou-se e revirou-se por vários motivos, caiu afinal num sono perturbado, não acordou de modo algum refeito para o dia de vento e chuva, o tempo tendo virado de madrugada.

Ao meio-dia para a Smeraldina, na cama entregando-se a seus pensamentos mais secretos, salivando ligeiramente por um ovo levemente cozido, Mary Ann apareceu. O Sr. Malacoda. Entusiasmado para pôr no caixão. A Smeraldina observou numa voz amarga que se o homem devia pôr no caixão era porque pôr no caixão ele devia, certamente não havia nenhum comando claro para Mary Ann fazer questão de atazaná-la com o que não se podia remediar.

Uma parede fina, uma parede boa mas fina, separava-a do Sr. Malacoda e assistente ungulado, na impaciência febril de acabar. Mortalhas não se adequavam ao defunto, com seu tumulto de pregas e fitas o fariam parecer um bebê de pantomima.

Quando Peludo chegou era a hora mágica, o crepúsculo de Homero, quando os ratos subliminares saem em suas rondas. O pequeno algo a mais pelo qual ele sentiu que viera deu grandes passadas às expensas dos co-herdeiros. Concordou absolutamente que mortalhas não se adequavam ao defunto, de algum modo o faziam parecer tão fingido e desamparado, quase como se não tivesse terminado de morrer. Ficou para o jantar.

Uma coisa para se ter em mente é que a Smeraldina era tão naturalmente despreocupada que não achava nada fácil se sentir profundamente, ou antes, talvez melhor, ser profundamente sentimental. Sua vida fora fazer água até onde conseguia se lembrar. Um marido — e como! — era estopa de calafate, no fim o mesmo que todo o resto, profilático, uma cinta de arame de Jalade-Lafont. Belacqua tinha vindo solto como sua própria preferência por verônicas em *Que infortúnio*. Quem perde busca. A posição não era assim tão simples quanto isso, havia algum fator sentimental em jogo (ou em funcionamento) complicando a posição, mas era mais ou menos isso.

Naquela noite o tempo se emendou tanto que ficou mais que meramente clemente para a cerimônia. Malacoda e Cia. apareceram bem cedinho com o carro funerário de seis cilindros deles, negro como o cruzador de Ulisses. O demônio, totalmente incapaz de controlar sua impaciência em tampar, só conseguiu arranjar uma paquera rápida com Mary Ann. A Smeraldina tinha acabado com a câmara mortuária, não que ela fosse insensível, bem o contrário, mas as cores da morte, deixando de lado inteiramente sua pálida bandeira, eram demais para ela. Peludo, cada vez mais servo autoconfiante, era da mesma opinião. Então que o bom homem tampe por favor. Era para isso que estava ali, era para isso que era pago. Que toda a prole de pesadelo siga caminhando por muito favor.

Agora ele estava sorrindo para a tampa afinal.

— Sem flores — disse Peludo.

Deus me livre!

— E sem amigos.

Precisava perguntar!

O pároco chegou em cima da hora. Estivera expulsando demônios a manhã toda, estava suando em bicas.

Peludo debandou para a luz do sol e a brisa balsâmica, livre da casa que de repente virara um mausoléu mal-ajambrado, com um recado de sua doce tutelada para o motorista cujo nome era Scarmiglione, um recado em termos fortes exortando-o a temperar a velocidade máxima com a devida cautela.

— Deixe que saia — disse Peludo em seu jargão pretensioso — com o coeficiente irredutível de segurança.

Scarmiglione recebeu essa solicitação com um olhar de cortesia petrificada. Nessas viagens submetia-se à anilha de controle de velocidade de sua própria mente e consciência, e a nenhuma outra. Era inflexível nesse assunto. Peludo recuou diante do ricto afável.

Todos a bordo. Todas as almas a meio mastro. Sim, sim.

Mary Ann encontrou o jardineiro trancado na casinha de ferramentas, todo ele curvado sobre uma caixa virada para cima, dando nós, nervoso, num pedaço de ráfia. Não estava negligenciando seu trabalho, estava sofrendo.

— O único — disse Mary Ann, aludindo ao falecido patrão deles, — como sempre sonhei — como se isso tivesse alguma possibilidade de interessar ao jardineiro.

Mas que homenagem maior ela poderia fazer? O jardineiro tinha protegido seu retiro, ela não conseguia chegar até ele, só podia manter sua mixaria de cara lívida na janela quebrada e cometer um copioso incômodo com suas opiniões e impressões. Não esperava resposta, não fazia pausa para uma, não recebeu nenhuma. Ele ouviu a voz a grande distância, mas não conseguiu lhe dar nenhum sentido. Pois era, temporariamente em todo caso, apenas um torrão de tristeza, no qual a preocupação com sua própria saúde contava mais do que gostaria de admitir. Estava fazendo coisas demais por ali? Era difícil dizer. Escutou Mary Ann na capoeira, a voz dela erguida num te-peguei furioso, abatendo uma ave para a mesa. Ele começou a procurar sua fita por ali. Tinha sumido do lugar. Alguém tinha roubado sua fita. Alguma pessoa não autorizada pegara sua fita, e o resultado era que estava agora sem condições de plantar seus brócolis. Levantou-se e saiu, foi-se babando da escuridão para a luz, escolheu um lugar ao sol e acomodou-se, era como uma mosca colossal ajustando sua carga de tifo. Aos poucos se animou. Dez a um que Deus estava em seu céu.

Embora a cova fosse funda, a encomendação foi limpa, sem um tropeço; as palavras talvez um nadinha mal dirigidas para o vil, a esperança líquida e certa bem devorada pelo fato da partida. O tom transmitido ao "pó ao pó" foi um triunfo de reprovação apaixonada e desdenhosa de todos os vivos. Como ousavam continuar cheios de miséria! Bah!

— Sabe que em gaélico — disse Peludo a caminho de casa — não conseguiriam dizer aquilo.

— O que não conseguiriam dizer? — disse o pároco. Não descansaria até saber.

— Ó Morte onde está o teu aguilhão? — respondeu Peludo. — Eles não possuem palavras para essas ideias grandes.

Isso era mais que suficiente para o pároco, um cônego da Igreja da Irlanda, que depressa exclamou, sem dúvida como uma espécie de palha brilhante, para a Smeraldina:

— Minha esposa gostaria tanto de vê-la.

— Ó Antraz — disse Peludo — onde está tua pústula?

— Ela passou pelo fogo — disse o pároco, — ela compreende. Minha pobre e querida sogra!

— Ó P.G.I. — disse Peludo — onde estão teus ratos?

Pela misericórdia divina como o bom cônego demorava a irar-se.

— E assim por diante — disse Peludo — e por aí vai. Não conseguem dizer isso de uma vez por todas. O balbucio de um patife.

Belacqua morto e enterrado, Peludo parecia ter se renovado. Falava bem, com confiança louvável; tinha uma aparência melhor, menos cretino obeso castrado do que nunca; e se sentia melhor, o que era grande coisa. Talvez a explicação para isso fosse que enquanto Belacqua estivera vivo, Peludo não pudera ser ele mesmo, ou, se preferirem, não pudera ser nada mais. Ao passo que agora o defunto, aquelas partes dele pelo menos que pudessem ser levadas a servir, podiam ser forçadas a prestar serviço, incorporadas nas elipses diárias de Capper Quin sem ele ter de encarar o risco de expor-se. E Belacqua já não estava inteiramente morto, mas meramente mutilado. A Smeraldina apreciava isso sem pensar.

Quanto a ela, era quase como se tivesse sofrido a mudança contrária. Morrera em parte. Cessara definitivamente de existir naquela parte particular que Belacqua penara tanto para isolar, a parte pública tão cruelmente transformada em privada para conveniência dele, seu aspecto menos clandestino[64] reduzido a uma radiografia e explorado para animar suas ocasiões secretas.

---

[64] O que um poeta competente chamou uma vez de a *bella menzogna*. (N.A.)

Isso era Paizinho descendo a mina com o Sadomasoquista morto. O equivalente espiritual dela, para lhe dar um nome, tinha sido medido, posto no caixão e tampado por Nick Malacoda. Como material para anagogia ("g" grego se não se importam) os vermes eram bem-vindos para ela.

O que sobrou era apenas um belo caroço robusto de garota ou mulher, enfermeira do centro em *Amarelo* do pescoço para baixo, rebentando com Lebensgeist a cada ponto de sutura a ser tirado pelo — muitíssimo por assim dizer — valor de face dela, e à força de preferência.

Mas aconteceu que esses dois processos, uma espécie de metabolismo marginal se assim se pudesse chamá-los, independentes mas de origem comum, construtivo no caso do homem, destrutivo e deliciosamente excretório no caso da mulher, culminaram simultaneamente na viagem de volta do túmulo.

Peludo parou o carro.

— Desça — disse ao pároco, — não gosto de você.

O pároco apelou mudo para a Smeraldina. Ela não tinha nada de nada a lhe dizer. Nunca outra vez na sua vida ela iria ocupar qualquer posição mais partidária que a de um pomo de discórdia confortavelmente coberto, sua decisão estava tomada.

— Cobre dos testamenteiros — disse Peludo — e pule pra fora.

O pároco fez como Peludo mandou. Sentiu-se miserável. Nem deram a ele chance de engatilhar a outra face. Deu tratos à bola sobre pagar mal com bem. Quando o carro começou a andar, ele pulou com agilidade no estribo, inclinou-se para a frente ao abrigo do para-brisa e começou, descuidado da pontuação, numa voz lamentável:

— ...não mais morte nem tristeza nem choro nenhum haverá mais de ser —

Neste ponto, tendo o carro começado a balançar de maneira perigosa, ele foi obrigado a soltar-se para salvar a vida. Ficou na estrada, longe de casa, e esperou, sem fazer exatamente uma prece disso, que pudessem ser perdoados.

— Não é que ele iria lhe dar a dos enfermos — disse Peludo — com a Noo Gefoozleum dele.

Pouco resta a contar. Ao retornarem encontraram a casa em chamas, a casa para a qual Belacqua havia trazido três noivas uma fornalha enfurecida. Transpirou que durante a ausência deles alguma coisa tinha estalado no cérebro do jardineiro, que violentara a empregada e depois pusera fogo no local. Não tinha nem se entregado nem tentado fugir, tinha se trancado na casinha de ferramentas e esperado a prisão.

— Violentou Mary Ann — exclamou a Smeraldina.

—Assim ela depôs — disse um alto oficial da Guarda Civil. — Foi ela que deu o alarme.

Peludo olhou esse dignitário de alto a baixo.

— Não estou vendo sua rabeca — ele disse.

— Onde está a moça? — perguntou a Smeraldina.

— Foi para a casa da Mãe dela — respondeu o alto oficial.

Ela experimentou-o de novo.

— Onde está o jardineiro?

Mas ele estava esperando essa pergunta.

— Ele resistiu à prisão, foi levado para o hospital.

— Onde estão os heróis da brigada de incêndio — disse Peludo, entrando no espírito da coisa, — os rapazes da velha brigada, os Cossacos de Tara Street? Podemos esperá-los para hoje? Agiriam como uma espécie de antiflogístico.

Este Peludo era uma revelação para a Smeraldina, era de fato cabeludo.

— Estão inevitavelmente retidos — respondeu o Comissário.

— Me leve embora — disse a Smeraldina com firmeza, — a casa está segurada.

O Comissário tomou nota mentalmente dessa circunstância suspeita.

Pobre Smeraldina! Estava mais do que nunca num beco sem saída agora.

— Por que não vir comigo — disse Peludo, — agora que tudo isso aconteceu, e ser o meu amor?

— Não estou entendendo — disse a Smeraldina.

Peludo explicou exatamente o que queria dizer. No coração das montanhas púrpuras o carro pifou. Peludo tinha esgotado a provisão de gasolina. Mas sem se deixar intimidar continuou explicando. Explicou e explicou, a mesma coisa de sempre outra vez e mais outra vez de novo. Afinal ele também pifou.

— Talvez no final das contas — murmurou a Smeraldina — isso fosse o que o querido Bel desejaria.

— O quê? — exclamou Peludo horrorizado.

Ela lhe devolveu sua explicação em poucas palavras.

— Querida Smerry! — exclamou Peludo. — O que mais?

Ficaram em silêncio. Peludo, olhando fixo diante dele através do para-brisa antiofuscante, cujo efeito a propósito nas montanhas era fazê-las parecerem não dessemelhantes do quadro de Paul Henry, estava tendendo a pensar que já era hora deles começarem a se mexer. Mas isso parecia fora de questão. A Smeraldina, longe bem longe com o cadáver e seu próprio equivalente espiritual no ossuário ao lado do mar, demorava-se em detalhes sobre como iria em breve gratificar o primeiro, mesmo se ele, embora ainda inacabado, tinha o de Lucy[65], e borrar o segundo para sempre da memória.

---

[65] Uma analogia das mais abominavelmente falsas. (N. A.)

— Temos que pensar numa inscrição — ela disse.

— Ele mencionou uma para mim uma vez — disse Peludo, — agora que estou pensando nisso, que ele teria endossado, mas não consigo me lembrar.

O encarregado estava em pé afundado em pensamentos. Assim na companhia das lápides suspirando e brilhando como ossos, a lua na sua função, o mar revirando-se em seus sonhos e ofegando e as colinas observando sua vigília ática ao fundo, ele estava em dúvida quanto a decidir de improviso se a cena era do tipo definido como romântico ou se não deveria com mais justiça ser considerada clássica. Ambos os elementos estavam presentes, isso era incontestável. Talvez clássico-romântica fosse a estimativa mais justa. Uma cena clássico-romântica.

Pessoalmente sentia-se calmo e melancólico. Um trabalhador clássico-romântico portanto. As palavras da rosa para a rosa flutuaram em sua mente: "Nenhum jardineiro morreu, vírgula, dentro da rosácea memória". Cantou uma musiquinha, bebeu sua garrafa de cerveja preta, limpou uma lágrima, pôs-se à vontade.

Assim vai o mundo.

FIM

ESTE LIVRO, COMPOSTO NA FONTE FAIRFIELD
FOI IMPRESSO EM POLEN SOFT 70G NA AR Fernandez.
São Paulo, brasil, em janeiro de 2022.